16	3	2	13
5	10	11	8
9	6	7	12
4	15	14	1

CELESTE ANTUNES

PARA QUANDO
FORMOS MELHORES

editora 34

EDITORA 34

Editora 34 Ltda.
Rua Hungria, 592 Jardim Europa CEP 01455-000
São Paulo - SP Brasil Tel/Fax (11) 3811-6777 www.editora34.com.br

Copyright © Editora 34 Ltda., 2013
Para quando formos melhores © Celeste Antunes, 2013

A FOTOCÓPIA DE QUALQUER FOLHA DESTE LIVRO É ILEGAL E CONFIGURA UMA
APROPRIAÇÃO INDEVIDA DOS DIREITOS INTELECTUAIS E PATRIMONIAIS DO AUTOR.

Imagem da capa:
A partir de fotografia de Rafael Spinola

Capa, projeto gráfico e editoração eletrônica:
Bracher & Malta Produção Gráfica

Revisão:
Fabrício Corsaletti, Alberto Martins, Beatriz de Freitas Moreira

1ª Edição - 2013

CIP - Brasil. Catalogação-na-Fonte
(Sindicato Nacional dos Editores de Livros, RJ, Brasil)

Antunes, Celeste, 1991

A788p   Para quando formos melhores /
Celeste Antunes — São Paulo: Editora 34, 2013
(1ª Edição).
104 p.

ISBN 978-85-7326-535-4

1. Ficção brasileira. I. Título.

CDD - B869.3

PARA QUANDO FORMOS MELHORES

1

Sara estava sentada com as pernas dobradas, os joelhos apontando o teto, mãos encontrando o chão, pulsos virados pra fora. Com uma concentração quase forçada, ela observava o pé da escrivaninha de Miguel.

Teo sentava na cadeira com as pernas abertas e os braços cruzados, como se estivesse vendo televisão no computador desligado. Os óculos grandes combinavam com a sua vontade de opinar sobre tudo. Olhou para o porta-canetas, as pontas mordidas dos lápis, uma formiga que andava pela parede.

Na cama, com as pernas cruzadas e a cabeça apoiada pelo cotovelo, Fran parecia esperar. Não reparou nos lápis mordidos, muito menos na formiga, e também não ficaria bem de óculos. Ela estava quase para acontecer. Miguel não sabia pelo quê Fran esperava. Nem ele, nem ela.

Miguel fazia pequenos gestos para tentar despertar Fran.

Pegou seu copo e o levou até a cafeteira, no chão do quarto.

O gole que ele deu, olhando pra ela, queimou sua língua e o céu da boca, e o fez cuspir de volta no copo. Com a mão, limpou o fio de baba que descia pelo queixo. Teo girou com a cadeira.

Teo — bem higiênico, Miguel!

Sara parou de encarar fixamente o que para ela já havia se tornado o nada.

Miguel — eu queimei a língua...

Sara — você vai continuar tomando?

Miguel — num vou responder isso.

Sara — não vai me dizer que também não tomou banho hoje de novo?

Miguel — eu tomei banho e coloquei a mesma camiseta de ontem, porque tava limpa.

Ao lado de Fran, esticando as pernas na cama, Lucas tentava ler um livro e, ao mesmo tempo, ouvir a conversa.

Lucas — além de sujo, é mentiroso.

Teo — aposto e ganho: vai dormir sem tomar banho.

Miguel — parem de encher meu saco...

Miguel tocou a língua com o dedo.

Miguel — queimar a língua é uma merda.

Teo sorriu e Miguel também, mostrando seu aparelho fixo.

Teo — isso e todas as outras coisas que a gente esquece que acontecem, mas acontecem...

Fran observou Teo. Quando sentia que alguém ia sair do óbvio, ela ficava atenta. Isso significava que o gesto de Miguel de servir café nunca seria notado. Mesmo se ele tombasse o copo na camiseta, não ia ser o suficiente. E também seria normal, para ela, se Miguel ficasse envergonhado. Se ele não sentisse vergonha, nem impotência, e se ninguém fizesse nenhum comentário sobre o desastre, nem desse uma risada, nem fosse correndo para a cozinha pegar um pano, daí então Fran notaria. Ela tinha chegado à conclusão de que há um modo antecipado de agir sobre o que é inesperado. Durante a vida, são derrubados um monte de copos, mas sempre vão agir como se aquilo fosse um acontecimento de outra espécie. Todos se posicionam em uma tentativa eterna de controlar as circunstâncias, como jogadores de vôlei esperando pelo saque. Ninguém é educado para acolher o acaso.

Fran — como o quê?

Teo — ah... por exemplo, quando alguém cospe em você!

Lucas apoiou o livro aberto sobre a barriga.

Lucas — a gente pode não falar sobre isso?

Na noite passada, Lucas tinha cuspido num homem depois de ouvir um comentário infeliz sobre o seu cabelo comprido, o que terminaria numa briga de garrafas, se o dono do bar não tivesse entrado no meio. Esse era o tipo de comportamento que despertava Fran, quando ninguém sai em busca de um pano.

Sara — ou quando esse mesmo alguém coloca os amigos em perigo.

Decidido a abandonar o livro de uma vez, Lucas jogou-o no chão do quarto e deu dois socos no travesseiro para deitar numa posição mais confortável.

Lucas — ou ressaca.

Teo — ou quando o mesmo alguém maltrata um livro querido.

Lucas — eu vou cuspir em vocês, posso?

Teo — sai pra lá.

Sara — é... cospe no café do Miguel.

Miguel — sai pra lá.

Lucas — esse livro é chato pra cacete.

Teo — cala a boca, *A metamorfose* é muito legal.

Teo era o cara mais legal que Miguel conhecia. De tão legal, ele às vezes enchia o saco. O livro era de Miguel, e ele mesmo não se importou quando Lucas o jogou no chão. Miguel não costumava sentir falta de quem estava longe, não pensava duas vezes antes para se livrar de um presente que não tinha gostado e não entrava em antiquários. Nesse aspecto, Teo era o oposto, apegava-se sem receio a qualquer objeto que julgasse minimamente curioso ou familiar.

Sara — depois que minha mãe leu esse livro, ela não tinha mais coragem de matar nenhuma barata. chegou a empurrar uma pra fora do apartamento... muito louca.

Sara acrescentou as últimas palavras para que o comentário soasse menos carinhoso, mas elas tiveram o efeito contrário, fazendo-a parecer uma mãe orgulhosa falando de sua filha excêntrica.

Lucas — sua mãe tem problema.

Teo — eu achei legal.

Teo tinha a capacidade admirável de admirar os outros, o que era o seu grande defeito e sua grande qualidade, e já tinha se tornado uma mania. Ele conseguiria admirar um estuprador fã do Kafka que varresse baratas da sua casa. De qualquer maneira, havia em Teo uma inocência cativante, porque ele não fazia associação nenhuma entre sua admiração pelos outros e o medo de ser pior ou menos interessante.

Fran — eu odeio baratas.

Fran continuava sentada na beirada da cama e Miguel tinha sentado no chão, apoiado na cama, perto dos pés dela. Ela tinha tanto medo da obviedade que não conseguia sair dela, como um inseto que fica se debatendo numa teia de aranha até não conseguir mais se mexer.

Sara — você e todas as outras mulheres, fora a minha mãe.

Fran passou a ponta dos dedos entre os fios da franja, odiando-se pelo comentário medíocre. Seu cabelo era exatamente da cor do café. Em situações como essa, ficava com mais vontade de mostrar que sabia muito bem pensar por si própria. Fran achava que, ao pensar viciosamente nas situações, conhecia-as melhor do que os outros.

Fran — também é muito ruim quando acaba a luz no meio do banho, e você fica com espuma no corpo que nem um idiota enrolado na toalha, procurando uma vela...

Teo — é... ou sei lá, ter afta, por exemplo, é um saco, ou quando você bate o cotovelo e dá aquele choque, ou dá um chute e nocauteia o mindinho...

Lucas — ou bater o joelho no nariz.

Teo — ah, eu não tenho esse seu talento.

Enquanto falava, Teo ficava girando na cadeira de rodinhas. Um pouco antes, ele tinha feito um estilingue com o elástico de cabelo de Fran para atirar clipes no Lucas, mas a brincadeira já tinha perdido a graça. A cadeira girava cada vez mais rápido, até o quarto virar uma mancha.

Teo — ... ou quando entra um negócio gigante no seu olho... que na verdade é minúsculo...

Sara — você tá me deixando tonta...

Sara deitou, batendo a cabeça no chão, de um jeito quase brusco. Seus gestos costumavam congelar um pouco antes dos outros entenderem se, por trás deles, havia ou não alguma intenção, mas era nisso que consistia a sua espontaneidade. Lucas já tinha dito pra Miguel que achava Sara parecida com uma sereia. Miguel achou que devia ser por causa do cabelo castanho-claro e da pele, mas a comparação de Lucas era com sereias que comem marinheiros.

Sara — ou quando você tá nadando e entra água pelo seu nariz.

Por causa da sua bronquite, Sara fez natação dos quatro aos dez anos, e coleciona alguns traumas envolvendo água e cloro. No seu aniversário de dez anos, ela não quis bolo e brigou com os pais, a natação, o balé, o inglês e as lições de casa. Se pudesse, jogaria fora os remédios também. Seis anos depois, ainda é difícil para Sara cessar a briga que continua dentro dela mesma e aprender alguma coisa por vontade própria. Existe muito ar livre no mundo, o ar é opressor.

Lucas — ou aquele idiota que joga o dado no meio do tabuleiro e bagunça todas as pecinhas.

Miguel — ou quando você finalmente acha uma caixinha de fósforos e tão todos apagados dentro.

Fran — ou aqueles casais que ficam brigando na rua.

Teo — o pior é quem briga pelo telefone. outro dia eu tava no ônibus e a mulher ficou falando um monte de bosta: "você não tem nenhuma consideração pela minha pessoa, eu fui comprar um bolo...", olha isso, acho que ela tava falando com o cara que ela ia se casar, "eu fui encomendar um bolo, e o padeiro me perguntou de que tamanho era, e eu respondi que não sabia de que tamanho era o bolo!... e quando isso aconteceu eu me dei conta do maior absurdo que eu tava fazendo, comprando um bolo que eu nem sei o tamanho! você não me ajuda em nada, eu faço tudo sozinha..." e blábláblá!

Lucas — meu, se ela acha o maior absurdo não saber o tamanho de um bolo...

Sara bocejou, se espreguiçando no tapete.

Sara — e se eles tão brigando por causa de um bolo...

Fran — e eles nem se casaram ainda...

Lucas — gente chata é uma merda.

Sara — como assim?

Sara achou melhor perguntar para ter certeza de que não era uma delas.

Lucas — ah, puxa-sacos, estraga prazeres... quem gosta de ficar puxando o tapete do outro... quem fica se achando... achando que não é chato... enchendo seu saco... isso aí, gente chata.

Sara foi engatinhando até o pé da cama, para se apoiar ao lado de Miguel.

Sara — eu não gosto quando tenho que fazer xixi sem encostar na privada.

Fran — isso é um saco mesmo.

Lucas — eu acho que pra S isso deve ser normal.

Sara — e eu acho que se o L fizer piadas melhores talvez eu ria.

Teo — eu também acho isso.

Lucas levantou-se da cama, reclamando baixinho, roubou a xícara do Teo da escrivaninha e a encheu.

Miguel — eu num gosto quando a minha mão fica suada... e eu odeio quando meus dedos ficam enrugados.

Fran — eu amava ficar na banheira até os dedos enrugarem.

Fran e seu primo brincavam de entrar crianças e sair velhinhos dos banhos de banheira. Quando sua mãe trazia as toalhas, eles se levantavam reclamando de dor nas costas e perguntando onde estavam os seus netos. Fran amava aquilo, descolar-se do tempo do relógio e passar a vida toda na banheira com o primo.

Fran — quando eu era menor meus pais me levaram pra furar a orelha na farmácia e até hoje eu não gosto muito daquela luz branca de farmácia.

Lucas — quando eu vou no supermercado eu fico meio enjoado.

Teo — adoro supermercado! às vezes quando eu tô triste vou até o supermercado e compro alguma coisa. sei lá, não resolve nada mas eu me sinto um pouco melhor.

Lucas — pois é, é assim que o sistema funciona.

Miguel dobrou os braços por cima dos joelhos, abaixou a cabeça, apoiando a testa, e começou a rir.

Teo já havia classificado as risadas de Miguel em três

tipos. A primeira era uma risada silenciosa, como a que ele estava dando no momento. De acordo com Teo, nessa risada Miguel ficava consciente, antes de rir, daquilo que achava engraçado. Ele comparou com fumar um cigarro e ir matando, devagar, a vontade.

Sara — senta aqui L, posso fazer uma trança no seu cabelo?

De pé no meio do quarto, Lucas apontou a xícara para Sara.

Lucas — depende do que eu ganho em troca... esse café tá com gosto de plástico com aranha amassada.

Teo — eu tinha esquecido que você come isso no café da manhã... o Miguel tá morrendo de rir ali.

Teo ainda completou, na sua descrição, que a risada silenciosa de Miguel era quase sempre uma homenagem ao jeito de alguém. No caso, de Lucas. A segunda risada era mais curta, mais potente, e, quando Miguel percebia, já tinha sido. Acontecia quando alguém falava algum absurdo e ele não resistia; então, nas palavras do amigo, Miguel "soltava um grunhido meio primitivo, cometendo um ato de sincericídio". Como comer um chocolate, o prazer da risada sincericida durava muito pouco. E era a preferida de Teo. A terceira risada era nostálgica, quando Miguel se lembrava de alguma coisa que continuava tendo graça, mas não tanto como da primeira vez, como achar o resto de um chocolate na geladeira.

Fran — se você escuta "café da manhã" numa piada, pode ter certeza que ela é ruim.

Lucas — é mesmo.

Lucas voltou para a cama e sentou-se do lado de Fran. Teo voltou a girar na cadeira.

Teo — também não gosto de salas de espera.

Sara — nem de doenças.

Teo — ou fiapo no dente...

Fran — quiabo.

Lucas — fio dental.

Miguel — eu só conheço fio dental na teoria.

Teo puxou os óculos mais para a frente do nariz, e tentou fazer uma voz solene.

Teo — e eu fiz meu doutorado em fio dental.

Lucas — e eu só conheço se for a calcinha... meu, existe alguma coisa mais insignificante do que fio dental? e dobra o trabalho!... quem fica passando isso tem potencial pra virar um assassino em série, frio e minucioso...

Fran — e quem não passa tem potencial pra ter cáries.

Lucas — não me queira mal, porque eu te quero bem.

Teo — você tá usando calcinha fio dental, L? que coisa mais brega...

Se Teo era um espectador excitado da vida, Fran parecia alguém que ficou com preguiça de achar o controle remoto e está assistindo o mesmo programa ruim há cinco horas, enquanto passa fio dental.

Miguel estava pensando nas salas de espera. Não entendia por que Teo não gostava delas. Tudo bem que não tinha nada de mais lá, só revistas terríveis, e com sorte, bolachas. Mas ele gostava da sala de espera por causa disso, por tudo o que não tinha nela.

Sara abraçou os joelhos de Fran.

Sara — quando foi a última vez que eu te abracei?

Fran — meus joelhos acho que nunca.

Sara continuou abraçada aos joelhos de Fran e olhou para Miguel.

Sara — a Fran é fria, na maior parte das vezes, mas quando ela é quente... ela é *quente*.

Miguel olhou para Lucas e viu que ele estava sorrindo.

Sara — vamo embora, F? preciso comprar absorvente.

Fran tomou o último gole do seu café, que já estava frio.

Teo — comprar sorvete?

Lucas — puta, essa doeu.

Ao contrário de Fran, Teo conseguia contornar em um segundo a situação, quando percebia que tinha dito alguma idiotice.

Teo — acho que você também devia menstruar, L, faria bem pros seus hormônios.

Lucas — daí eu me trancaria em casa pra ouvir músicas de amor e pensar em você.

Lucas não notava quando dizia idiotices.

Miguel — outro dia minha irmã entrou aqui com dois absorventes que ela pegou do banheiro da minha mãe colados na sola dos pés, e uma calcinha na cabeça, assim com os cabelos de pé, saindo pra fora da calcinha... é um personagem que ela faz que chama "palhaço pepino"...

Teo — ela precisa fazer isso pra gente um dia.

Miguel — eu amo o palhaço pepino, ele canta umas coisas ininteligíveis, às vezes ela coloca uns sapatos do meu pai também, tamanho 43, umas maquiagens, e vem aqui pro meu quarto.

Lucas — eu quero o palhaço pepino agora...

Fran — conta a história da lata de lixo!

Miguel — ah, uma vez ela chegou de viagem e saiu abraçando todas as coisas do seu quarto, falando assim: "minha cama!", "minha escrivaninha!", "meus bonecos!", daí se agachou e abraçou a lata de lixo: "minha *lata de lixo!*".

Sara — meu, crianças são geniais... eu quero ter uns quatro ou cinco filhos.

Teo — é porque você não tem irmão... eu não passo de dois.

Miguel — eu não quero ter filho.

Lucas — ter um filho deve ser legal...

Sara — ainda bem que eu já nasci e não vou ser filha do L.

Lucas — se você fosse minha filha, eu ia te largar num orfanato.

Teo — eu adotaria você, S.

Sara — valeu, T.

Lucas — aproveita e compra sorvete pra ela!

Teo — faça uma boa ação, L, adote você um novo comportamento.

Miguel — você também pode comprar um bolo pra ela...

Sara se levantou, beijou a bochecha de Teo, deu um tchau de longe para os outros dois e esperou Fran se despedir.

2

Miguel — vamo molhar a palavra.

Fran — pede mais uma, T?

Teo — o que você não pede chorando que eu não faço sorrindo?

Teo levantou o braço e pediu mais uma cerveja para o dono do bar. Na frente dele, Sara ficava jogando o potinho de palitos de dente de uma mão para a outra.

Sara — e batatas fritas também?

Teo — sai dessa, vai, S.

Sara — aparentemente, eu estou com um problema de persuasão.

Teo — e você tá com um problema com esses palitos também.

Sara — é porque eu tô morrendo de fome!

Teo — come um palito de dente.

Sara — você quer que eu morra.

Sara esticou a mão por trás da cadeira em que Lucas estava sentado e deu o potinho para Fran, que estava fazendo uma pirâmide na mesa com o pote de azeite, o saleiro e os pacotinhos de açúcar.

Teo — aham, eu tô conspirando contra você, como você descobriu?

Miguel — uma pista: ninguém come palito de dente.

Sara — outra pista: eu não como palito de dente.

Fran acrescentou alguns palitos no topo da sua pirâmide. Distraído, Teo pegou um guardanapo, equilibrou-o na cabeça e depois o devolveu para o porta-guardanapo.

Lucas — a próxima pessoa que sentar aqui vai comer piolho.

Continuando a piada, Teo pegou de novo o guardanapo, passou na boca, depois nos dois sovacos e o devolveu. A expressão de Lucas foi de tamanha aprovação, como se aquilo tivesse sido brilhante, que Teo não pôde deixar de rir dele.

Sara — do que eles tão rindo?

Miguel — eu num sei também.

Bem devagar, Teo e Lucas conseguiram ficar sérios.

Teo — poemas de guardanapo.

Lucas começou a rir de novo.

Lucas — exatamente. poemas de guardanapo...

Teo revirou sua mochila, pendurada atrás da cadeira, procurando uma caneta. Quando achou, escreveu "guardanapo", ao contrário.

Teo — opanadraug!

Sara — saúde.

Teo — opanadraug.

Lucas — sem dúvida.

Teo — op-an-ad-raug...

Miguel — o prazer é todo meu.

Teo pegou o guardanapo e mostrou para Miguel, que era o único sentado do seu lado da mesa.

Miguel — ah, opanadraug.

Fran — o que é isso?

Miguel — russo.

Sara — e o que significa?

Teo — que nós somos os russos contemporâneos.

Fran — só falta a barba.

Sara — claro, só falta isso.

Lucas — eu sou o Marx.

Teo — o Marx é alemão, sua anta,

Sara — sério, o que significa?

Lucas — significa que o T é doidão.

Teo — e você é o doido mais doido da história.

Lucas — e você é o Doidoiévski.

Teo não conseguiu nem responder e, se tentasse, provavelmente engasgaria. Sara e Fran riram muito. O garçom chegou com a cerveja. Teo se recompôs.

Sara — vou comprar um chocolate.

Sara foi até o caixa do bar. Fran puxou as olheiras pra baixo com os dedos, mostrando para Lucas a parte avermelhada e cheia de veias minúsculas dos seus olhos.

Fran — por quê?

Miguel estava sentindo um gosto ruim na boca, e foi servindo rapidamente todos os copos.

Lucas — por que o quê, Fran?

Fran — por que existem piadas como essa?

Lucas — ah, eu sei que você gosta, F.

Quando Sara sentou na mesa de novo, a barra de chocolate na sua mão já estava pela metade.

Sara — você quer chocolate, T? não, né.

Teo — você nem deu tempo pra eu responder!

Miguel — passa o copo, ô, Doidoiévski.

Cada um deu seu primeiro gole, e o barulho dos copos encontrando a mesa foi seguido por um silêncio que daqui a pouco alguém ia quebrar. Lucas virou o copo todo de uma vez. Teo inclinou seu copo ainda cheio e encheu dois dedos do copo vazio de Lucas.

Teo — isso é muito coisa de alcoólatra.

Quando as frases saem do silêncio, elas soam importantes. A palavra "alcoólatra" pareceu enorme.

Lucas — a culpa é da minha infância... acho que meus pais queriam que eu fosse loirinho e fizesse aula de piano, daí eu nasci moreno, fui pego com maconha com doze anos, daí eles desistiram... minha gata chamava Encrenca, minha cachorra chamava Ninguém e minha babá chamava Socorro... um dia eu cheguei tão chapado que chamei ela de "Help".

Teo — resolveu abrir seu coração, L?

Lucas sorriu.

Lucas — resolveu abrir sua boca, T?

Miguel — você chamou sua babá de "Help"?

Lucas — ah, eu tentei ser uma pessoa séria, mas depois meus pais ainda deram a minha cachorra pra uma mulher maluca que tinha um sítio, e eu comecei a receber cartas escritas em primeira pessoa pela Ninguém, o que era surreal, tipo: *Querido Lucas, como vai você? Eu vou muito bem. Há muito espaço livre pra correr por aqui. Meu pelo está ficando cada vez mais branquinho. Assinado: Ninguém.* (!) foi aí que eu desisti de vez de ser sério!

Sara terminou de comer o chocolate e passou o papel para Fran, que o colocou no topo da pirâmide.

Fran — alguém quer brincar de sério?

Lucas — eu!

No mesmo segundo, Lucas se virou para Fran com uma expressão que ela nunca tinha visto nele. Ela achou que ele parecia mais adulto, e mais bonito também, enquanto tentava ser sério. Fran encarou Lucas de volta e seu rosto esquentou.

Enquanto se olhavam, os olhos dos outros faziam uma cerca.

Teo — faz cócegas nele, S!

Lucas estava sentado entre Sara e Fran.

Lucas — se alguém fizer coceguinhas em mim, amanhã vai ter uma lápide no cemitério.

O rosto de Fran esfriou ao se lembrar dos ataques de cócegas que seus primos davam na caçula. Vários meninos em cima dela, apertando sua barriga com força, espremendo seus sovacos e ela ria, ria, ria com ódio. Ria porque era o que lhe restava, ria humilhada, à força. Fran lembrou-se do horror de estar encurralada e da vontade de morrer enquanto ria.

Lucas não deu conta da seriedade por muito mais tempo. Fran era muito melhor. Ele deu um grande sorriso, e voltou-se para os outros.

Lucas — num deu, lembrei do Doidoiévski.

Teo — de novo?

Sara olhava fixamente para seu copo em cima da mesa.

Sara — eu quero dar pro Johnny Cash na prisão... e você, F?

Fran tirou os olhos da pirâmide que tinha feito para pensar sobre o assunto.

Fran — hmmm... pro Tom Waits.

Lucas — credo.

Teo — tá louca?

Miguel — ele parece um macaco.

Fran — é que ele canta daquele jeito... e usa chapéu...

Teo — um macaco de chapéu.

Lucas — vocês combinam, até.

Fran — por quê?

Lucas — sei lá, seu braço é peludo.

Fran segurou seu copo e ficou olhando para dentro dele, como se no fundo tivesse um segredo muito interessante.

Fran — é isso aí que vocês ouviram: eu daria pro Tom Waits de quatro e de cabeça arrancada.

Depois deu um grande gole.

Teo — eu queria ter um daqueles olhos que você compra na loja de mágicas, sabe? imagina agora um olho boiando nessa cerveja, eu ia pegar vocês.

Lucas — imagina o olho da F boiando na cerveja do Tom Waits.

Teo deu mais um gole e esvaziou o copo. As mãos de Miguel estavam suando e ele pensou que devia ser porque não tinha comido quase nada.

Teo — falando em loja de mágicas... Miguel, você tá me devendo há anos aquele isqueiro que espirra água... mas eu ainda gosto de você.

Miguel — e você é a única pessoa que eu conheço que cobra presentes, mas eu ainda gosto de você.

Fran — e agora que você falou isso na frente do L, você não vai ter mais ninguém pra enganar com esse isqueiro...

Lucas — ... mas eu ainda gosto de você.

Sara — e eu quero dar pro Johnny Cash, de novo.

Lucas — como foi a primeira vez, ele mandou legal?

Sara — ele tava vestido de preto...

Teo — Sara, você tá obsessiva, você tava pensando nisso até agora! eu tô com medo de você... primeiro os palitos de dente e agora isso!

Sara — não precisa se preocupar T, você não é o Johnny Cash.

Miguel — se o T fosse o Johnny Cash até eu daria pra ele.

Teo — ah, vão comer palito vocês dois!

Sara — acho que ele tá mais pra Doidoiévski.

Teo — vocês já repetiram essa merda umas noventa vezes, podemos parar agora?

Miguel apoiou o queixo na mão, se virou para Fran e fez uma cara de "você viu que mala?". Depois deslizou seu copo, que estava cheio, para a frente de Teo.

Miguel — T, ó o golão vindo.

Fran — é uma boa tática essa, quando você quer que alguém cale a boca, empurra o copo pra pessoa: "ó o golão vindo!".

Lucas — ou pros menos íntimos...

Lucas segurou seu copo no ar, fingiu estar muito tímido e ofereceu a sua bebida para Fran.

Lucas — ... "você quer provar?"

Sara — é uma boa saída. ou também pode ser quando termina o assunto...

Teo começou a imitar um encontro, como se houvesse um "menos íntimo" sentado no lugar vazio, ao lado do seu. Ele apoiou um dos braços na outra cadeira, arregalou os olhos e mexeu as sobrancelhas.

Teo — e aí... hmm... raram... e aí, você quer provar... ahn... minha bebida?

Os outros quatro também se viraram para a pessoa hipotética, como se todos eles, de repente, tivessem ficado muito constrangidos com a sua presença.

Miguel — ... você quer... hmm... meu dinheiro?... deixa eu ver o que mais tem no meu bolso aqui...

Fran — ... você gostaria de uma nota fiscal velha?... ou talvez... quem sabe... um chiclete?

Teo — é... eu gosto de cerveja... e... eu te amo.

Miguel riu.

Sara — ... diz aí... você quer que eu mostre os peitos?

Lucas — ... quer ver a minha coleção de bonecos do dragon ball? a gente pode passar lá em casa...

Lucas coçou a nuca.

Lucas — e pegar todos...

Teo — ela não é pro seu bico, L.

Fran — quem falou que é ela?

Sara — o T trouxe um traveco pra nossa mesa!

Teo — eu não tô vendo ninguém. você é travesti, S?

Lucas — vamo dar o fora?... eu vou mijar daí eu pago a conta no caixa e depois vocês me pagam... *quem tem seda*, T?

Teo — não.

Lucas — então pega um opanadraug aí.

Lucas levantou depressa e olhou de novo para a cadeira vazia, ao lado de Teo, depois subiu para a parte de cima do bar.

Sara — num quero ir no banheiro desse bar... but i need to pee!

Teo — *tupi or not tupi?*

Fran arremessou um saquinho de açúcar na sua pirâmide, e ela caiu. O pote de azeite rolou pela mesa e parou na frente de Miguel. A destruição da pirâmide deu um aspecto de decadência para a mesa que antes ela não tinha. Eles ouviram um barulho de garrafa quebrando lá em cima. Lucas voltou andando rápido, ainda fechando a braguilha e com uma cara péssima.

Teo — viu o demônio, L?

Lucas — levantem!!!

Sara — a gente tá levantando...

Lucas — levantem agora e corram!!!

Teo — quê?

Lucas — você é surdo?!...

Teo — não...

Lucas — ... cacete, Teo...

Lucas falou isso quase sussurrando e só então os amigos entenderam que era melhor obedecer.

Lucas pegou a mochila de Teo da cadeira, pôs nas costas e saiu do bar andando rápido, olhando pra trás pra ver se os amigos o estavam seguindo. Eles andaram três quarteirões sem entender nada, tentando acompanhar Lucas, que continuava quieto, na frente.

O sol morria nas calçadas. Lucas parou na parte mais escura da rua. Sara se agachou na calçada oposta e mijou. Lucas tirou uma bolinha de alumínio amassada do bolso. Teo passou o guardanapo para ele.

Sara atravessou de novo a rua.

Teo — você pode me dizer o que foi aquilo?

Lucas — desculpa, meninas. me desentendi com um cara lá.

Sara — você quebrou uma garrafa?

Lucas — não, não fui eu... vamo falar de outra coisa?

Eles fumaram num silêncio que ninguém ia quebrar.

Miguel olhou para o asfalto da rua. Parecia um lago, tão fundo que ficava preto. Equilibrou-se no meio-fio da calçada. Estava tudo bem, desde que não olhasse pra baixo, mas ele sempre acabava olhando. A vida despercebidamente vazia — ou perceber é esvaziar?

Miguel — em lagos muito fundos parece que a terra nos puxa pra baixo.

Suas mãos estavam suando mais. Miguel pulou e caiu com os dois pés no asfalto preto.

Miguel — foda-se.

Lucas — quer uma peruana, T?

Teo fez que sim com a cabeça. Lucas deu um trago e se aproximou dele segurando a fumaça na boca. Assoprou devagar a fumaça na boca do amigo, seus lábios não se encostavam por um triz, ou pode ser que até se encostassem. Miguel achou que Teo devia estar se esforçando muito para não fazer nenhum comentário banal. Teo tossiu, olhou pra baixo, depois pra cima.

3

Teo entrou no quarto de Miguel cambaleando de tanto rir, com os joelhos pra dentro, encostados um no outro. Ele e Lucas estavam demorando tanto na cozinha que Miguel já tinha desistido deles, ligado o som e deitado na cama. Teo se apoiou na porta, sem ar.

Teo — o L entrou na geladeira!!!

Miguel — como assim?

Teo — ele achou que era a porta do quarto!

Lucas apareceu por trás de Teo, ofegante por ter subido a escada pulando os degraus.

Lucas — o T chama abrir a geladeira de entrar nela!

Teo — shhh... eu tô memorizando essa cena... meu deus, eu quase mijei na calça...

Teo não conseguia parar de sorrir. Miguel olhou para os amigos chapados e sentiu as notas graves atravessarem sua cabeça. Lucas tombou na cama de costas, ao lado de Miguel, mas não havia muito espaço e ele ficou encolhido pra não cair. Teo abriu a cama de baixo, deitou, colocou seus óculos no chão e cruzou os braços atrás da cabeça.

Lucas — por que eu não tive essa ideia antes de você?

Teo — i'm the best, fuck the rest.

Miguel — i'm the rest, fuck the best!

Lucas bocejou.

Lucas — i'm the fuck... rest the best.

Teo bateu com a mão na própria testa.

Teo — a gente é uma piada.

Miguel passou a mão no rosto, descendo da testa para o queixo.

Miguel — ... que foi levada a sério.

Teo — Lucas...

Lucas — hm?

Miguel — o que o cara do bar fez?

Lucas — ele disse que odiou meu cabelo.

Teo — e o que você fez?

Lucas — eu cuspi nele.

Teo — você o quê?!

Lucas — cuspi nele, eu não tinha pedido a opinião dele. mas...

Teo — você se arrependeu?

Lucas — não, essa é a sua consciência. eu...

Teo — cuspiu só de leve?

Lucas — não, essa é a sua consciência de novo... eu ia dizer que eu acho que tá na hora de cortar meu cabelo, mas eu fiz uma promessa de deixar o cabelo crescer...

Teo — putz, isso é tão típico de quem não acredita em porra nenhuma... e quem...

Teo bocejou.

Teo — e queeem... ah, esqueci o que eu ia falar.

Lucas — "e queeem é você mesmo?"

Miguel já tinha fechado os olhos, mas continuava ouvindo a conversa, bem de longe, até que ela parou.

Lucas resolveu deitar com a cabeça para o outro lado da cama. Cobriu-se e olhou o teto. Miguel pegou o pé de Lucas e encostou no seu ouvido.

Miguel — alô.

Lucas — suachamadaestásendoencaminhadaparaacaixapostaleestarásujeitaacobrançaapósosinal.

Teo — piii.

Miguel — oi, é o Teo... adorei nossa peruana hoje.

Lucas atendeu o pé de Miguel.

Lucas — é mesmo?

Miguel — foi foda.

Teo falou com a voz de sono abafada pelo cobertor.

Teo — oi, aqui é o Teo de novo, vocês podem calar a boca e vamo dormir?

Miguel dormiu ouvindo o barulho dos carros, com a cabeça apoiada nos pés de Lucas.

4

Agachados nos seus skates, Lucas segurava a camiseta de Miguel, que agarrava a parte de trás da bicicleta de Teo, como vagões ligados à locomotiva de um trem, descendo a rua na saída da escola. Lucas tinha cicatrizes nos dois joelhos, de quando ele derrapou com o skate no asfalto — as feridas ficaram semanas em carne viva. Quando perguntavam, ele respondia que tinha se ralado com o ralador de queijo. Ele também tinha uma marca de cinco pontos no queixo, de uma vez que a cachorra Ninguém pulou em cima dele e o derrubou.

A cidade entupida de carros. Ao chegarem numa avenida, Lucas e Miguel soltaram-se, mas continuaram andando perto da bicicleta, porque Teo era o único que sabia a direção.

Os pais de Teo eram atores e alugavam um teatro antigo e pequeno, no centro de São Paulo. Como não havia nenhuma peça em cartaz, seu irmão mais velho resolveu dar uma festa naquele dia, e deixou ele convidar seus amigos. Teo se orgulhava dos pais por causa daquele teatro, principalmente porque eles o deixaram como o acharam: a cortina preta empoeirada, as paredes pintadas de vermelho-escuro, o palco feito de tábuas de madeira.

Por volta da meia-noite, quando Sara e Fran chegaram ao teatro, os três meninos, que estavam lá desde o começo da tarde, já tinham bebido um monte de cerveja e várias doses de pinga. Quando elas se aproximaram de Lucas, ele estava há um tempo indefinido vagando sozinho entre as pessoas desconhecidas, com uma garrafa de vodca na mão, e demorou pra reconhecê-las. As duas tinham passado lápis de olho preto, e Sara estava até de vestido. Fran, de jeans e camiseta, como sempre.

Lucas — vocês tão lindonas... Sara, você quer me beijar?

Sara — eu passo, valeu... o que que você acha de dar "oi" primeiro, seu bêbado?

Lucas — oi, o que que você acha de me beijar, S?

Sara — mamar na vaca cê num quer, né?

Fran riu, um pouco desapontada por Lucas não tê-la escolhido para ser o alvo.

Fran — cadê eles?

Lucas — quem?

Sara — quem você acha?

Lucas — sigam-me.

Lucas deu algumas voltas pelo teatro, com elas atrás, tentando lembrar quando e onde tinha se separado de Teo e Miguel.

Sara — sabe aquela expressão "entrou por um ouvido e saiu pelo outro"?

Fran — seria ótimo se isso realmente acontecesse.

Acharam os dois debaixo do palco, onde havia um porão com figurinos, objetos cênicos e, naquela noite, uns caras cheirando cocaína. Teo tinha levado Miguel lá porque era a parte do teatro que mais gostava; às vezes, ele levava um livro para o porão e sumia. Miguel sentiu vontade de ter um esconderijo como aquele também.

Quando Lucas os viu, a alguns metros de distância, Teo estava imitando um japonês e fazendo uma dancinha pro Miguel. Lucas chegou entrando na dança.

Teo viu as meninas e parou de dançar.

Teo — droga, Miguel, o L achou a gente!

Lucas — boa, T, tô rindo por dentro.

Os cinco se apertaram para caber entre duas araras de roupas.

Sara — dá um gole, L?

Lucas lembrou que tinha uma garrafa na sua mão.

Lucas — não posso.

Fran pegou a garrafa da mão de Lucas, deu um grande gole e passou para Sara.

Lucas — podem pegar, eu nem queria mais mesmo.

Sara — pô, que gentil.

Miguel — quando eu fui pegar bebida um louco que eu nem conheço me disse: "que bom que você veio".

Teo — não era meu irmão?

Miguel — não, era alguém que, eu não sei por quê, achou bom que eu vim.

Lucas — vai ver era uma cantada...

Miguel — não pareceu, foi muito espontâneo.

Lucas — eu achei bom que você veio... não era eu?

Miguel — não, sem chance.

Inspirado pelo lugar mal iluminado e pelo álcool, Lucas começou a contar uma história de terror, que Teo interrompeu porque tinha se lembrado de uma piada de anões, muito mais elaborada.

Fran — eu vou anotar um negócio... alguém tem caneta?

Miguel fez que não com a cabeça.

Teo — ninguém tem? mas logo aqui?!

Sara — aqui onde, meu?

Teo — aqui nesse planetão, no melhor planeta do sistema solar!

Teo esticou o dedão da sua mão canhota para Fran.

Teo — eu tenho sangue. morde aqui.

Sara — puxa T, o que foi que você tomou além de toda essa pinga? um ácido?

Teo — tá maluca? eu só bebo fanta uva, dá mó barato!

Teo tropeçava nas palavras de tão bêbado.

Lucas — você disse mesmo o que eu ouvi?

Teo — e eu tô só começando!

Lucas — é isso aí, vamo chupar o pau da barraca!

Fran — vocês viram que tem uma piscina na casa do lado?

Sara — eu acho que ela tá abandonada, a gente podia ir lá e nadar... tudo bem se for de calcinha e sutiã e cueca...

Teo — a S quer brincar de *A lagoa azul*, o filme preferido dela.

Lucas — e você já viu esse traje de banho, T: "calcinha e sutiã e cueca"? eu nunca ouvi falar.

Teo — nem eu!

Lucas — deixa eu falar uma coisa, vocês são meninas brilhantes, bonitas, inteligentes, interessantes, mas às vezes vocês têm umas ideias do tipo "agora vamos encher uma bexiga de cuspe?!"... e com a mesma seriedade que vocês lidam com os assuntos importantes, vocês levam essas ideias até o fim... e eu não consigo entender isso!

Fran — vamo encher e jogar na sua cara.

Teo riu da expressão de Lucas ao ouvir aquilo, era como se Fran tivesse mesmo jogado uma bexiga de cuspe nele.

Teo — é... mas, realmente, S: "vamo lá na piscina do vizinho, dançar de calcinha pra lua cheia"?!

Sara — claro, pra lua cheia, daí eu vou pro meio da floresta de quatro e faço a dança do lobisomem.

Lucas — isso até que pode ser interessante...

Sara — Lucas, você pode ser um pouco menos tarado, só pra variar?

Lucas — você que quer brincar de *A lagoa azul* e eu que sou o tarado...

Quando ele falou isso, um dos homens sentados do outro lado do porão ficou rindo e repetiu para os outros. Lucas se deu conta que era a sua deixa.

Lucas — ei, cara, posso dar um teco?

A resposta foi um aceno com a cabeça e um sinal com a mão para Lucas ir lá.

Sara — eu também quero!

Ele virou-se para os outros.

Lucas — alguém mais?

Teo — tô fora.

O irmão de Teo cheirava, e ele achava que isso o deixava mais metido.

Fran balançou negativamente a cabeça. Ela gostava de esbarrar no inesperado, se jogar nos braços dele era muito.

Miguel não respondeu e os outros ficaram esperando, achando que ele estava se decidindo, mas na verdade ele, de tão bêbado, só teve tempo de assimilar que os outros estavam esperando a sua resposta.

Miguel — vamo.

Teo — guarda a vontade pra quando nós formos maiores...

Miguel — e melhores?

Lucas enrolou uma nota de dez para usar de canudo, e, na vez de Miguel, seu nariz ardeu. Quando as carreiras colocadas pra eles terminaram, Lucas passou o dedo indicador em cima do caderno que estava sendo usado de apoio e depois na sua gengiva, por baixo do lábio superior. Depois repetiu o mesmo movimento, só que dessa vez enfiou o dedo na gengiva de Miguel. Com a boca anestesiada, Miguel se tocou do quanto odiava quando os amigos faziam esse tipo de coisa sem perguntar; Lucas tinha enfiado o dedo na sua boca sem o menor pudor, como se ela fosse dele também.

Miguel — não gostei.

Lucas — do quê?

Miguel — que você enfiou a porcaria do seu dedo na minha boca.

Lucas — foi mal... olha o T com saiote de bailarina, que horror... alguém pode avisar ele?

Miguel olhou para o lado, viu Teo com um tutu azul por cima da calça, e sentiu vergonha dele.

Lucas — fugiu do zoológico, T?

Teo — cala a boca.

Lucas — você tá uma princesa.

Miguel começou a sentir as pernas formigando e ficou com vontade de subir de novo na parte de cima do teatro, para ouvir a música mais alto. Mesmo ali, no porão, parecia que a música estava entrando dentro dele, e a sensação era boa. Fran saiu de trás de uma arara com um chapéu de caçador e uma espingarda velha. Miguel achou ela bonita, assim.

Miguel — eu gostei de você assim.

Fran — até parece.

Fran achou que Miguel estava tirando uma com a cara dela, porque ele não era muito de fazer elogios.

Miguel — não, é sério, eu não gosto de ser irônico, nem de mentir, e também não gosto de fingir que estou interessado e não fico puxando assunto babaca pra preencher minutos de silêncio... é claro que já fiz isso muitas vezes, com você inclusive, falar qualquer merda quando a gente se sente mal na presença do outro, mas, no geral, não faz meu tipo.

Era a primeira vez, desde que eles tinham se conhecido, que Miguel falava dele mesmo para Fran com tanta naturalidade. Para Fran, e também para os outros, que estavam em volta. Ninguém respondeu nada. Eles sabiam que tudo o que Miguel tinha dito era sincero, mas, até aquele momento, achavam que ele não sabia disso. Se Teo tivesse que resumir Miguel, provavelmente sairia alguma coisa bem parecida com o que ele tinha dito agora.

Como Fran não soube responder, ela ficou jogando a espingarda de uma mão para a outra.

Teo — uau, isso é de uma peça do meu pai de anos atrás... deixa eu ver.

Fran jogou a espingarda para a mão de Teo. Ela estava enferrujada e descarregada, mas era de verdade, e ele gostou de segurá-la.

Lucas — vamo brincar de roleta-russa!

Miguel invejava a capacidade de Lucas de sentir menos, e a cocaína tinha feito ele ser capaz disso também, como se o mantivesse à altura de ser ele mesmo. Um Miguel limpo e asséptico, vindo de um nascimento sem sangue.

Suas mãos começaram a suar e a consciência voltou, espumando de raiva por ter sido esquecida. Procurando uma escapatória, ele olhou em câmera lenta para cada um dos seus amigos, mas só conseguiu ver feiura e demência. As orelhas e os narizes continuam crescendo, vão ser velhos e orelhudos.

Sara — claro, L, vamo brincar de morrer, vai ser muito divertido.

Era isso, eles pareciam mortos de tanto ficarem se testando, os mortos sempre passam no teste porque eles não podem mais errar.

Lucas — a bala não ia me pegar, tô leve, leve.

Fran — vamo brincar de ver os amigos morrerem então.

Cuidadosamente, Teo posicionou a arma nas duas mãos, e mirou no meio da cabeça de Miguel.

Lucas — se apaixonar é que nem fumar maconha, e cheirar pó é que nem trair a namorada...

Teo — e cheirar pó é que nem trair a maconha.

Sara — e se apaixonar é que nem fumar a namorada!

Lucas — e vender a mãe e dar a avó de brinde!

Lucas levantou a garrafa de vodca no ar e Sara deu um peteleco nela.

Lucas — só pra brindar a vida!

Tudo rodava, Lucas, a garrafa, Fran com o chapéu de caçador, os ombros brancos de Sara saindo do vestido preto, os dentes de Teo e o cano da espingarda. Aflito como alguém que encontra uma bomba-relógio na própria casa, Miguel percebeu que ia vomitar e ajoelhou no assoalho, com a cabeça caída, parecendo que Teo havia, de fato, atirado. Esquecendo onde estava e quem era, ele apoiou as duas mãos nos joelhos, curvou o corpo, quase encostando a testa no chão, cuspiu, vomitou, depois quis morrer, depois vomitou de novo e depois perdeu a consciência outra vez.

Teo — puta que me pariu!

5

Miguel acordou se sentindo um lixo e sem ter a menor ideia de onde estava. Olhou para a parede pintada de azul--claro e, devagar, entendeu que era na cama de baixo de um quarto de menina. Na outra cama, de barriga para cima, Fran dormia. Sua camiseta havia levantado durante a noite, e Miguel pôde ver uma parte, pequena, dos seus peitos.

Depois de pensar muito, ele levantou e foi ao banheiro jogar água no rosto, que estava pálido como a porcelana da pia. Por alguns minutos, manteve-se olhando para o espelho, tentando lembrar mais, sem muito sucesso.

Miguel — espelho, espelho meu, existe alguém mais podre do que eu?

O espelho respondeu para Miguel que ele era um babaca que falava sozinho. Miguel ficou mais alguns segundos parado, o pensamento dele estava dormindo com Fran, debaixo do seu pijama, dentro da sua calcinha. De volta ao quarto, encontrou ela acordada, com a camiseta puxada pra baixo.

Miguel — gostei da parede.

Fran — eu que pintei. tá melhor?

Miguel — não... tô pior...

Ele voltou para o colchão, lentamente, como um zumbi que retorna à cova. Ela se remexeu na cama, virou de lado pra conversar e tirou a perna do cobertor. Sua perna era toda marcada de alergia a picada de mosquito.

Miguel — eu tô com amnésia.

Fran — então, você passou mal, e não tava em condições de voltar pra casa sozinho, daí você veio dormir aqui.

Miguel — alguém ligou pra minha mãe?

Fran — o Teo ligou, você perdeu a cena da gente saindo daquele porão te carregando, ele ficou tão em pânico que nem se tocou que ainda tava com aquela roupa bizarra... o irmão dele viu você vomitado e ele de bailarina e surtou. ficou puto com os amigos que deixaram vocês cheirarem...

Miguel — se você quer saber, eu vomitei porque o T apontou aquela espingarda maldita pra mim. eu tava bêbado mesmo, mas não ia ter vomitado se não fosse aquilo.

Fran — eu acredito.

Ela acreditava mesmo, e estava gostando de conversar com um Miguel menos esquisito que o da noite anterior.

Miguel — e depois? o que aconteceu?

Fran — bom, depois você vomitou pelo teatro inteirinho e todo mundo saiu nadando no seu vômito.

Fran sentou na cama com pernas de índio e levantou os braços no ar, para imitar um nadador de crawl.

Miguel — tá, mas agora é sério, conta como foi o final da festa, eu num lembro.

Ela parou de nadar.

Fran — nada de extraordinário... os meninos lavaram a sua cara na pia, você acordou, ficou um tempo sentado tomando água e depois a gente foi embora.

Miguel — Fran, conta melhor, por favor... como a gente chegou até aqui?

Fran — o irmão do Teo trouxe a gente. aliás, você tava engraçado no carro.

Miguel — por quê?

Miguel estava com medo do que podia ter feito, como uma vez que sua mãe contou na mesa de jantar que ele era sonâmbulo.

Fran — você sentou no banco de trás, colocou o capuz do moletom e não falou quase nada o caminho inteiro, o Teo até falou "perdemos um amigo".

Miguel sorriu, pensando como o humor de Teo era imortal.

Fran — daí uma hora alguém perguntou se você podia dormir na minha casa pra não voltar pra sua daquele jeito e o Lucas falou "nossa... eu tinha esquecido que o Miguel tava no carro" e você respondeu "valeu, L", e foi a primeira coisa que você falou desde que tinha desmaiado.

Miguel — sério que eu falei?

Fran — aham... depois o irmão do Teo perguntou em que escola o Lucas estudava e ele reclamou pro Teo "poxa, o seu irmão nem sabe que você estuda na mesma escola que eu", e aí você falou de novo "cala a boca, L, você nem lembrava que eu tava nesse carro".

Eles riram, Fran lembrando-se do momento, e Miguel aliviado com o que não tinha dito.

Fran — daria um bom roteiro a noite de ontem.

Miguel — um bom roteiro de um filme deprimente...

Fran — é, uma ficção bem travesti da realidade.

Miguel — mas aparentemente eu me relaciono melhor quando tô inconsciente... meu, é tão estranho isso, eu não lembro de absolutamente nada depois do porão.

Fran — uma vez meu primo bateu a cabeça e ficou com amnésia por um dia inteiro.

Miguel — e como foi?

Fran — ele disse que foi a pior coisa que ele já sentiu.

Miguel — talvez eu gostasse de sentir isso, mesmo

sendo horrível, deixar de ser quem você é, ficar sem memória.

Fran — segundo o meu primo, não ter memória é a pior coisa que existe.

Ficaram os dois em silêncio, pensando o que um se lembrava sobre o outro.

Fran — acho que ele teve medo... você não teria?

Miguel — medo?... não sei. é que pra mim têm vários tipos de medo...

Fran — hm... pra mim só tem um.

Miguel — você acha que a gente tá usando as drogas erradas?

Fran — não sei... a gente podia experimentar bater uma cabeça na outra.

Miguel imaginou um beijo na boca, daqueles que as testas se encostam antes das bocas, e Fran perguntou-se como seria o barulho de um crânio rachando.

Miguel — tipo um beijo?

Fran não respondeu. Olhou para ele, depois para baixo e depois para ele de novo. As pupilas de Miguel eram enormes e, para ela, parecia que elas iam explodir de vontade de se tornar uma pessoa legítima, com uma opinião própria que durasse até o fim dos tempos. Por um segundo, ela achou que ele ia se inclinar e beijá-la, do mesmo modo, ele ficou achando que ela ia fazer isso. Mas o segundo passou. E dois e três e quatro e cinco. Submeter-se à sugestão de um beijo era difícil para os dois. Não é que eles não soubessem como fazer isso. Eles já tinham visto milhares de vezes no cinema, e esse era o problema.

Fran — ah, teve mais uma coisa... a Sara beijou uma mulher e depois as duas deram um beijo a três no Teo.

Miguel — no Teo?! por favor, fala que alguém filmou

no celular, eu só acredito vendo. e a S beija meninas agora? e a S beijou o T!

Fran — na verdade tava mais pra: a lésbica de vinte e cinco anos beijou eles dois.

Miguel — isso tudo enquanto eu tomava água?

Fran — é... você ficou lá sentado enquanto eles dança-vam e o irmão do Teo pegava o carro... uma hora eu até fui falar com você, mas você tava em outra.

Miguel — foi mal, nem lembro.

Miguel apontou para a perna de Fran fora do cobertor.

Miguel — não sara nunca, né?

Sempre que um mosquito a picava, fazia uma ferida e formava uma casquinha. Durante a noite ela coçava e ar-rancava as casquinhas. Às vezes uma gota de sangue escor-ria até o calcanhar.

Quando era bem pequena, Fran apoiava a cabeça na barriga da sua mãe e observava as pernas dela por horas, eram pernas brancas, quentes e com poucas cicatrizes. Ha-via uma mancha de nascença logo abaixo de um dos joe-lhos. Fran colocava suas pernas entre as pernas da mãe pa-ra aquecê-las. Quando parou de mamar, Fran ainda deixa-va sua mãozinha esquentando no peito da mãe. Depois sua mãe a proibiu de deixar a mão ali, então, quando estava no colo, ela acolhia sua mão no pescoço da mãe, por dentro da blusa.

Fran pôs a perna pra dentro do cobertor. Miguel virou para o outro lado e encontrou um aquário, na mesa de ca-beceira de Fran, que ela tinha encostado na parede para caber mais uma cama no quarto.

Miguel — que legal, você tem um aquário.

Miguel acendeu um abajur que estava ao lado do aquá-rio, pra ver ele melhor. Tinha três peixes, um preto listrado que parecia um triângulo, um vermelho do tamanho de um pen-drive, e um menor ainda, azul e brilhante. Quando Miguel acendeu a luz, o peixe vermelho se escondeu atrás de uma pedra, no fundo do aquário.

Fran — te dou dez reais se você meter a mão nessa pedra peluda.

Miguel ficou com a cabeça no travesseiro, observando os peixes nadarem dentro da caixa de vidro.

Miguel — eu queria viajar...

Uma noite, deitada na cama, Fran ficou ligando e desligando o abajur um monte de vezes, e seu coração bateu um pouco mais rápido com a descoberta da luz elétrica. Depois ela se esqueceu. Odiava precisar da luz elétrica e de tantas coisas para viver. Fran é como a eletricidade parada.

Fran — São Paulo é uma sanguessuga gorda.

Miguel — hu-rum?

Fran — você quer ver castelos, pirâmides, ursos-polares, essas coisas?

Fran já tinha tentado aprender gaita, piano, violão, acordeão e flauta, e tinha desistido de todos os instrumentos. Largou o acordeão porque não queria conviver com o professor gordo e bigodudo que lhe perguntava como tinha sido o seu fim de semana e, sem nem ouvir a resposta, saía contando o dele. Ela começou a achar que o esforço de batalhar por alguma coisa era o primeiro motivo que surgia para desmanchá-la, numa revolta.

Miguel — é, eu quero ver um urso-polar. acho que é o que eu mais quero nessa vida.

Fran — porque tem um bem aqui.

De trás do seu travesseiro, Fran puxou pela pata um urso de pelúcia.

Isso irritou Miguel, que tentava fazer Fran entender que, na verdade, ele não queria viajar, ele queria fugir de tudo, de todas as exigências, de tudo que era pra ser especial, de todos os ursos-polares.

Miguel — para com isso, vai, F, é sério... aliás, você é boa demais no jogo do sério.

Fran achou-se infantil e ficou quieta. Foi quando Miguel entendeu que ela não tinha nada a ver com os medos dele, porque já tinha o medo dela para cuidar, que era apenas um mas era gigante. Procurou então, de certa forma, se desculpar. Ele sabia que, no caso deles, quanto mais um era frio, mais o outro era frio. Sobre isso, Teo tinha comentado com Miguel: "vocês são dois palhaços".

Miguel — e qual é o nome desse urso?

Fran — Anônimo.

Miguel puxou o urso da mão de Fran e o abraçou.

Miguel — Arnaldo, eu te amo.

Fran — eu falei Anônimo.

Miguel entendeu o que tinha acontecido, mas continuou a piada.

Miguel — Arnaldo, você é o urso-polar mais marrom que eu conheço.

Ela sorriu.

Miguel — eu vou levar ele pra minha casa.

Fran tentou puxar ele de volta, mas Miguel relutou em deixar, e o urso ficou esticado no ar, entre as duas camas.

Miguel — se isso fosse um bebê na maternidade, já taria morto.

Fran soltou a pata do urso. Miguel o segurou pela barriga com as duas mãos, depois mordeu sua orelha de pelúcia. Quando ele fez isso, Fran sentiu um calafrio da barriga pra baixo, como se Miguel tivesse mordido ela e não o urso.

Uma vez, na volta das férias, Sara havia pulado em Fran para dar um abraço e, na empolgação de rever a amiga, deu uma mordida de leve no lóbulo da sua orelha que fez Fran tremer.

Fran não estava muito acostumada com aquilo. Para ela, era como puxar assunto com um desconhecido, meio complicado demais. Numa tarde dessas mesmas férias, Fran tentou se masturbar debaixo das cobertas, mas não conseguiu. No primeiro ano, ela e Sara tomaram alguns banhos de banheira juntas, e Fran procura o som anárquico daqueles banhos em outros lugares, mas não o encontra.

Sara contou que uma vez usou o chuveirinho, mas Fran não tinha nenhuma vontade de tentar com um chuveirinho, ela achava que seria uma situação um pouco ridícula.

Miguel — sabe uma coisa muito ruim?

Fran — qual?

A única vez que Fran gozou foi sem querer. Era um daqueles dias frios e ensolarados e ela estava deitada de bruços na borda da piscina. O sol tocava de leve a sua encolhida coluna vertebral, e o biquíni molhado roçava nos seus pelos e ia esquentando, muito devagar, com o calor do chão.

Miguel — ter uma conversa que nem você nem a outra pessoa querem ter.

Fran — mas às vezes é só pra ver aonde vai dar.

O mais perto que Fran e Miguel chegaram de se tocar foi uma vez na sala de aula, quando eram menores. Ela ficou escrevendo palavras nas suas costas, e ele tinha que tentar adivinhar quais eram. Fran escreveu "sinto" errado, com a letra "c". Empolgado, Miguel virou pra trás e disse: "cinto, Fran, cinto!". Quando Fran se lembra desse dia, sorri e espera que ele possa se lembrar também. Miguel entendeu "cinto" e, como acontece normalmente com cintos velhos, já se esqueceu dele.

Miguel — é, mas sei lá, balé, alienígenas, África... a doença da minha tia, o desprezo do seu gato...

Fran esperava por todos os livros que não leu, os filmes que não viu, as pessoas que não conheceu, os homens com quem não transou, os filhos que não teve, a velhice e, depois, a morte. Miguel não tava a fim de esperar.

Miguel — você tem jardim?

Fran — tenho, a gente passou por ele ontem, você não lembra?

Miguel — não mesmo, num lembro nem de tirar o tênis.

Fran — fui eu.

Miguel — acho que tenho que ir pra casa...

Fran — tá... quer que eu chame um táxi?

Miguel — daqui a pouco. não sei se pego um táxi...

Fran — eu tenho claustrofobia quando ando de táxi, quanto mais eu cresço, mais claustrofóbica eu fico. acho que estou ficando grande demais pros lugares.

Miguel — vamo lá fora pra eu fumar um cigarro?

Fran — vamo, você tem isqueiro?

Ele tateou a própria calça e descobriu que estava com dois isqueiros, um deles tinha ido parar magicamente no seu bolso durante a festa. Entregou um para Fran.

Miguel — quer ver uma mágica?

Ela fez que sim com a cabeça. Fran adoraria ver uma mágica.

De um modo nada convincente, Miguel mostrou os bolsos para ela.

Miguel — nada aqui, nada aqui...

Depois ele mexeu os dedos da mão freneticamente, como se estivesse jogando um feitiço, e devagar, retirou o isqueiro de Lucas do seu bolso.

Miguel — o quê?!

Fran ficou rindo da tentativa fracassada de Miguel de demonstrar perplexidade ao achar outro isqueiro no seu bolso direito.

Fran — experimenta colocar a cabeça na boca de um leão, Miguel!

6

Miguel subiu as escadas da escola com sono e viu Sara no fim do corredor. Foi até ela. Sara levantou a cabeça do bebedouro e soltou os cabelos que segurava pra cima enquanto bebia água.

Sara — e aí, sobreviveu?

Miguel — é o que parece...

Miguel abaixou a cabeça e deixou que o fio de água gelada fizesse uma poça na sua boca. Levantou a cabeça e engoliu, mas continuou com sede. Encontrou o rosto de Sara, seus cílios eram grandes.

Sara — seu nariz tá ressecado.

Miguel passou a mão em volta das narinas e tentou tirar as casquinhas com a unha. Sara pôs o dedo indicador na língua, lambeu bastante e passou-o em uma das narinas de Miguel. Depois contornou o lábio inferior da boca com o mesmo dedo e passou mais saliva na outra narina. Miguel aceitou parado, quase desequilibrou-se mas apoiou de leve a mão no bebedouro. Teve medo de que ela parasse se ele se mexesse muito. Sara continuou lavando o nariz de Miguel devagar e ele sentia também a sua própria saliva voltando para a boca lavada no bebedouro. Miguel agradecia por dentro: obrigado, obrigado Sara, muito obrigado. Sua voz escoou para o chão.

Sara — passa saliva, assim, que é bom.

Sara virou de costas e andou até a sua sala. Miguel esperou ela entrar e bebeu água até sentir o peito cheio.

A carne é fraca, a carne quase nem é carne e pode sumir no ar se for tratada assim, com tanto cuidado.

7

Fran dormia, usando o casaco de Miguel como travesseiro. Ela pegou no sono enquanto pensava que o cheiro de Miguel era bem mais simples do que ele. Três fileiras pra trás, Lucas rabiscava na sua carteira, enquanto ouvia Miguel reclamar na carteira ao lado.

Miguel — se o Teo contar mais uma vez todos os detalhes sobre o seu beijo a três, eu vou vomitar de novo.

Lucas estava achando graça na empolgação de Teo, que ficava sentado na primeira fileira, anotando as aulas, mas a cada intervalo, ia até o fundo da sala pra contar a mesma história, repetidamente, para os dois. Da última vez, quando a professora de psicologia entrou na sala, ele correu para a frente, agitado, e da metade do caminho gritou para os amigos: "depois eu continuo".

Lucas — se prepara porque o bonitão ainda vai continuar.

Usando quase a carteira toda, Lucas desenhava com traços fortes de grafite, e cada vez apontava mais o lápis, que ia diminuindo rapidamente. Havia uma coleção de tocos de lápis no seu estojo.

Miguel sentava no fundo, com Lucas, porque estava cansado da escola. Na última fileira, ele podia não participar da aula, dormir se quisesse, ou ler um livro, ou conversar.

A professora começou a falar longamente sobre a sua paixão por livros, o cheiro de ácaro que ficava neles etc. etc. Em seguida ela se lamentou porque seu filho pequeno jogou açúcar em um dos seus livros preferidos. Ao ouvir isso, Lucas gargalhou e a sala toda se virou para trás. Uma das características de Lucas que Miguel mais gostava é que ele achava graça no que mais ninguém achava.

Lucas — você se divertiu na festa?

Miguel — é uma pergunta séria?

Lucas — sei lá, eu me diverti.

Miguel — eu olhava pra vocês e via monstros.

Lucas — e um dos monstros te matou, e ainda por cima tava tocando um som pesado nessa hora...

Miguel — o som não tem nada a ver.

Lucas — o que dá mais vontade de comer: uma caneta piloto ou uma manteiga de cacau?

Miguel — a caneta piloto.

Lucas — caneta piloto, é óbvio. manteiga de cacau é que nem beijar alguém que chupou seu pau... quem diria: fiz um poema!

Miguel desenhou um zero numa folha em branco do final do seu caderno, ocupando ela toda, levantou-o e mostrou para Lucas.

Lucas — que que é isso?

Miguel — é a minha nota pro seu carisma.

Lucas — eu num quero ser carismático mesmo, dá trabalho, carismático é o T que só se dá mal... tinha lição pra hoje?

Depois de anos fazendo lições de casa, Miguel decidiu não fazer mais nenhuma.

Miguel — num sei...

Lucas — nem eu... meu, depois que a gente cheirou aquela bosta de pó eu tô assoando o meu cérebro pelo nariz. hoje de manhã ele saiu inteiro, sério, saíram uns bagulhos meio rosa, que pareciam sushi, tipo, agora não tenho mais cérebro.

Miguel — tá, acho que essa foi a coisa mais bizarra que você já disse na sua vida... eu nem entendi de tão bizarra.

Lucas — o mundo é bizarro, e nós gostamos dele.

Miguel — e nós nos esforçamos para que ele continue assim... o que é isso?

Lucas — você vai ver.

Lucas pegou um estilete no seu estojo.

A professora agora falava sobre percepção e perguntou para a classe como era assistir uma aula com dor de cabeça. Vários alunos responderam ao mesmo tempo, gerando um ruído que fez Miguel prestar atenção, mas ele só conseguiu ouvir as respostas de Lucas.

Lucas — ruim.

Professora — e quando vocês estão com fome?

Lucas — pior...

Professora — e com sede?

Lucas cravou com força o estilete na sua mesa.

Lucas — pior ainda.

Lucas foi cavoucando a mesa até aparecer um rosto de caveira.

Miguel — ah, é uma caveira.

Lucas — não.

De novo com o grafite, Lucas começou a desenhar um cabelo, olhando atentamente para Miguel.

Miguel — é o quê, então?

Lucas deu os retoques finais na sua obra-prima.

Lucas — é você. não tá reconhecendo?

De fato, o cabelo estava bem parecido, mas Miguel não gostou muito do crânio de defunto no lugar do seu rosto.

Miguel — Lucas, eu tenho cara.

Lucas — isso se chama liberdade artística. sabe aquele ditado que as pessoas dizem: "a vida começa num sei onde e termina pior ainda"?

Miguel — que pessoas dizem isso, L, você mesmo?

Lucas — você tá por fora. eu tenho certeza que eu li isso em algum lugar... pensando bem, pode ser que eu mesmo tenha escrito...

Miguel — você leu no seu diário, então... eu tô meio feio.

Lucas — você é feio, Miguel. todos são feios, por dentro.

Não se sabe como a aula foi parar na caverna de Platão, de novo. Quando o sinal do intervalo tocou, Miguel jogou depressa os cadernos na mochila, porque não aguentava mais olhar para o desenho de Lucas. Miguel não temia a morte, mas odiava-a no seu aspecto físico. É por isso que odiava quando os dedos ficavam enrugados, rejeitava comidas que tinham ossos, não gostava da brincadeira de passar cola branca na mão e esperar secar, e quando sua irmã nasceu, preferiu não ir visitá-la no hospital. Se ele pudesse escolher, morreria de uma vez só, sem ficar velho, nem doente, e viraria vento pra não ter que virar cadáver e apodrecer. Miguel não sentia medo de descobrir, na velhice, que tinha aproveitado mal a vida. Para ele, o arrependimento era natimorto. Como estava em constante mudança, achava que não poderia se arrepender depois, porque já não seria o mesmo de antes. Seu problema era com os dedos enrugados para sempre.

Lucas gostava de sangue, caveiras, cemitérios e filmes de terror. Mas, para ele, aquilo era ficção, pura e simples, e o sangue era feito de ketchup.

Teo ainda estava com a mão levantada, e começou a fazer umas perguntas.

Miguel — a aula já acabou.

Lucas — depois eu desenho o T com cara de babuíno pra você.

Miguel — ele tá viajando...

A professora gritou "silêncio!" para os dois, depois perguntou a Miguel quanto tempo ele ia continuar sem participar das aulas. Miguel respondeu que achava que para sempre e que, se ela queria encontrar o silêncio, não devia ficar gritando o nome dele, porque assim não ia achá-lo nunca. Algumas pessoas da classe riram.

Lucas e Miguel saíram da escola para fumar. Depois que eles deixaram a sala, a professora foi perguntar para Teo se estava tudo bem com Miguel. Teo respondeu que achava que ele falaria alguma coisa, quando achasse que ela era realmente importante.

Lucas — ih, Miguel, o T achou a gente.

Estava meio frio, mas o sol batia na calçada e no rosto dos três, fazendo Miguel decidir que ia matar a próxima aula.

Miguel — ... essa professora deve ser o tipo de mãe que fala pros filhos que eles têm que comer porque os pobres passam fome.

Lucas — alguém tá traumatizado pelas verduras que teve que engolir na infância.

Miguel — não, meus pais não falavam isso. eles pediam "por favor".

Teo olhou para Miguel, tentando encontrar como dizer que ele devia voltar a estudar, sem pedir "por favor".

Miguel esperou, deu um trago, soltou a fumaça, mas Teo continuou olhando ele em silêncio.

Miguel — eu sei o que você tá pensando, Teo... mas aquilo é apelativo demais. eu não vou estudar mais porque ela está chateada comigo. do mesmo jeito que o Lucas não parou de desenhar na carteira depois que alertaram ele que a pobre da faxineira tinha que limpar depois.

Teo — se eu fosse a faxineira eu ia te bater, L.

Miguel sentou-se na dobra da calçada. Lucas e Teo fizeram o mesmo, um de cada lado dele. Ficaram assim.

Miguel — eu quero ir pra algum lugar onde eu possa fumar um cigarro, ou faltar na aula, ou não ter namoradas, ou ver TV... ou não falar com ninguém, ou qualquer coisa, sem ninguém pra encher meu saco... e sem a minha própria consciência enchendo meu saco também.

Lucas — nossa, ainda bem que eu não sou você.

O que Lucas quis dizer foi: "nossa, acho que eu já nasci nesse lugar".

Miguel — ontem de noite eu derrubei água no computador do meu pai... e foi muito ruim.

Teo — quebrou?

Miguel — não, mas eu achei que tinha quebrado e... bom, foi horrível porque tinha um monte de trabalho dele lá dentro e eu entrei em pânico na hora.

Lucas — cagou no maiô!

Teo — que escroto, Lucas.

Lucas — escroto foi ele ter derrubado água no computador do pai dele.

Com um peteleco, Miguel lançou a bituca para o meio da rua. Lucas apagou seu cigarro na sola do tênis.

Teo — uma vez eu apertei a mão da minha tia no porta-malas e acho que eu senti alguma coisa parecida... vamo entrar?

Lucas — vamo.

Os dois se levantaram da calçada e Miguel continuou sentado. Lucas bateu a poeira da calça.

Lucas — azedou legal.

Teo — você não vem?

Miguel — não.

Miguel esperou feito uma estátua até perder os amigos de vista.

Levantou-se da calçada e foi chutando a mesma pedra até o ponto de ônibus.

8

Ao chegar no seu quarto, Miguel sentiu muita vontade de entrar no banho. Misturados, dentro de um mesmo tubo de ensaio, a sala de aula, o desenho de Lucas, a professora, a convicção de Teo e ele próprio, ficaram com cheiro de podridão.

A água do chuveiro descia pelo seu corpo penteando os pelos do braço, e o vapor quente fazia as veias azuis saltarem. Distraindo-se, ele imaginou como seria um esqueleto tomando banho: a água jorraria por todos os lados, como numa fonte. Olhou pra baixo. Esqueletos não têm umbigo, nem cordão umbilical, nem mãe.

Sua boca estava seca, então abriu-a um pouco e molhou os dentes enquanto a água descia pelo queixo. Jogou a cabeça para trás e baixou as pálpebras. Se fosse uma caveira, pensou, tal movimento inundaria as suas órbitas.

Quando Miguel estava saindo do box para pegar a toalha, sua mãe abriu a porta. Ela perguntou se ele não devia estar na escola. Miguel respondeu que não, que odiava a escola e, além disso, que ela devia bater na porta porque ele não era mais um bebê, e que ele já tinha dito isso antes e não queria ter que ficar repetindo.

Assim que levantou a voz seu olho encheu de água. Não era de tristeza, nem de segurar o choro. Era uma característica dele, bastava descontrolar-se e ser mal-educado, e os olhos denunciavam para o outro que ele tinha se dado conta de que perdeu o controle e foi mal-educado. A pessoa podia até entender, como sua mãe naquele momento, que ele já estava arrependido por dentro e que era para ter piedade. Para piorar, ele estava pelado, o que o fez parecer mesmo um bebê, mas somente para ela. Para si mesmo, Miguel era um homem, tremendo de raiva. Berrou para a mãe que aquilo não era choro, e sim as órbitas da sua caveira vazando as gotas do chuveiro.

Mas, como um bom cachorro que percebe que magoou o dono, ela fechou a porta do banheiro. Pelo menos não quis pegá-lo no colo. O jeito como sua mãe fechou a porta também entrou no tubo de ensaio, que explodiu.

Naquela noite, a mãe de Miguel disse para seu pai que havia uma vala enorme entre o que seu filho falava e os seus olhos molhados, e que ela estava morrendo de medo de ele tropeçar e cair.

9

Fran saiu correndo no escuro com Sara e escorregou no barro do jardim. Entrou em pânico ao perceber que estava caindo, congelou e não conseguiu jogar as mãos antes, e nem conseguiu sentir toda a dor que ecoava na parte de trás da sua cabeça. Pelo menos não antes de sentir a humilhação que tremelicava pelo seu corpo inteiro. Quis continuar deitada, mas julgava que o certo seria levantar. Quis sorrir para Sara e dizer que estava tudo bem, que ela ia levantar, mas não conseguiu. Fechou os olhos e se odiou, e odiou Sara porque ela não tinha caído, e odiou as risadas disfarçadas de quem não sabe o que fazer, e todas as cenas de todas as comédias em que alguém cai, a sua própria dor e a própria carne humana em que estaria presa por toda a sua vida.

Sara já tinha se agachado ao lado da cabeça dela e posto a mão na sua testa e Fran amou a mão de Sara na sua testa, que era como uma compressa contra todo o mal. Depois ela sentiu o braço de Lucas no seu braço e a sua voz dizendo que era pra ela ficar sentada, que era melhor. Lucas ajudou Fran a se sentar, e as suas costas doíam e a pancada tinha feito toda a bebida que ela tomou fazer efeito e se espalhar pela sua espinha e inchar a ponta dos dedos da mão. E ela abriu os olhos e viu Miguel parado, olhando de cima, sério, com um copo na mão. E odiou Miguel porque ele não tinha se agachado, e odiou Miguel de novo porque sabia que ele não tinha se agachado porque estava tentando controlar a casa toda, de pé com aquele olhar idiota e sério, tão sério que não era pra ninguém rir, tão sério que merecia uma plateia à altura. Fran olhou para Miguel parado e viu ela mesma, observando tudo de longe, e se constrangendo com tudo de longe, como se isso mudasse alguma merda.

Fran se deu conta de um monte de coisas enquanto estava no chão. Do chão, via claramente como são todos inseguros, e teve certeza que não é por isso que podemos tratar os outros como lixo, ou como um filme ruim que estamos assistindo.

Miguel perguntou alguma coisa que Fran não ouviu direito e não respondeu.

Ela colocou as duas mãos na cara e Lucas a puxou pra cima. Fran pediu pra subir as escadas e sua voz era um fio. Foi apoiada em Sara até o quarto de Lucas, e deitou na cama.

Sara ligou a televisão e deitou ao lado dela.

10

Tinha uma luz amarela bem forte vindo da cozinha, e a cerveja deixava essa luz mais tremida e confundia os pensamentos. Miguel apoiava os cotovelos no balcão e pensou que uns óculos escuros cairiam bem. Uma comida cairia bem também.

Teo — quando começamos a tomar cerveja...

Miguel — sentamos no fundo do último copo.

A sala era ocupada pela luz, as sombras deles dois apoiados, uma música tocando bem alto, umas três pessoas da classe no sofá, mais algumas no jardim, umas garrafas vazias.

Teo — sabe quando você tá cansado das músicas do seu ipod, todo aquele lenga-lenga eclético... quando o som dos negros predomina, não sobra mais nada, é a afinação do mundo.

Miguel — cadê o Lucas?

Teo — não sei.

Miguel — porra, a casa é dele e ele some.

Teo — eu tô bem aqui.

Miguel — eu sei.

Teo — acho que ele foi ajudar a F.

Miguel — fez um puta barulho a cabeça dela no chão de pedra.

Teo — eu sei, mas não sangrou nem nada.

Miguel — dá vontade de encher de porrada quem ficou rindo.

Teo — não ia adiantar nada.

Miguel — então eles tão lá em cima?

Teo — devem estar.

Miguel — e a Sara?

Teo — já foi embora.

Miguel quis ser negro, tocar uma música fodida, usar óculos escuros de noite, e comer uma mulher de verdade na luz amarela e trêmula da cozinha. Olhou pra dentro da lâmpada e quis viver para uma puta música fodida que ele nem sabia tocar.

Teo — ... acho que ela ficou meio mal com o tombo da Fran... eu abri o zíper do vestido dela de brincadeira e ela ficou furiosa, disse: "eu não sou sua putinha pra você ficar abrindo meu vestido".

Miguel — e que porra de brincadeira é essa, T?

Teo — seu olho tá brilhando.

Miguel — porra, meu olho enche de lágrima, e daí?

Teo — para de falar "porra".

Miguel — me responde, T, e daí?

Teo fechou os olhos e imitou um eco que entrou na cabeça de Miguel como um verme.

Teo — e daí? e daí? daí? daí? daí...

Dois caras que Miguel nem conhecia, amigos do Lucas da rua, se aproximaram pra pegar uma cerveja no isopor atrás do balcão.

Miguel — e daí?

Miguel estava quase gritando. Teo se distraiu com a presença dos outros dois, que agora tinham decidido entrar na conversa.

Teo — o quê?

Um dos meninos, que tinha um casaco felpudo na gola, perguntou o que Teo e Miguel faziam da vida. Teo respondeu que eles estavam no colegial, daí o menino perguntou o que eles iam fazer, então, quando a escola terminasse.

Miguel — sucesso.

Teo — faculdade.

Menino do casaco — faculdade de quê?

Miguel — faculdades mentais.

Menino do casaco — hm... psicologia então.

Miguel — o mínimo possível, eu vou fazer o mínimo possível.

Menino do casaco — hm, você daria um belo economista.

O outro cara, que estava quieto com os braços cruzados, riu.

Teo — e vocês fazem o quê?

Menino do casaco — publicidade.

Teo — nossa, eu passo fome, eu lambo o chão, mas eu não faço publicidade.

Miguel — o que é isso, um slogan?

O cara dos braços cruzados riu de novo.

Teo — pô, Miguel, para de me encher.

Miguel — você não sabe o que é passar fome.

Teo — nem você.

Menino do casaco — não precisam brigar.

Miguel — Teo, você ficou me perguntando: e daí?... e daí que você dá muita importância para o que não tem, e pouca para o que tem...

Menino do casaco — e é pra dar importância pro quê?

Miguel — o que é importante pra mim, importante de verdade, fica explícito, de tal modo, que eu não preciso dar importância, como se ela fosse um presente, uma cesta básica prum índio.

Miguel continuou olhando para Teo. A voz dele se embaralhava com o som estourado da música.

Miguel — a convivência é um negócio muito importante. tem pessoas que conseguem não ser autoritárias e nem submissas quando estão com os outros... tem pessoas que... pessoas firmes, migalhas de aço... e isso dá pra ver pelo rosto delas, e eu tiro meu chapéu pra elas... que conseguem administrar um furacão que fica sempre aqui, muito perto das costas...

Miguel colocou as mãos para cima, com as palmas viradas para trás, na altura das orelhas. Suas pernas estavam tendo um ataque epiléptico de impaciência.

Teo se virou para o balcão, debruçou-se nos cotovelos, deixou a cabeça cair pra frente e falou baixo.

Teo — eu não tô conseguindo ouvir direito.

Miguel — aqui, na ponta da orelha, atrás da nuca... e elas quase caem pra dentro do furacão, e do mesmo modo, quase saem correndo, o que, no fim das contas, daria no mesmo. sair correndo é ignorar a importância do furacão e cair pra dentro dele é dar importância demais. entrar no furacão é muito fácil, seja com pó, crack ou shopping center...

O menino de casaco felpudo parou de fazer comentários engraçados e deu um gole na sua cerveja.

Miguel — tô tão cansado de quem acha tudo absolutamente normal... e não tô falando de quem foi ensinado que isso é normal e aquilo não é e repete, tô falando de quem sente mesmo uma perfeita normalidade nas comidas enlatadas, nas áreas de serviço mal iluminadas, na terra sendo estuprada por instrumentos, no veneno ou sei lá, radiação que chega nos bebês dentro da barriga, no amor que apodrece em formol...

Teo pescava algumas palavras entre o som e a bebedeira. Miguel olhou para as mãos, apoiadas no ar pelos cotovelos. O menino do casaco se afastou em direção ao jardim, o outro descruzou os braços e o seguiu.

Miguel — foi um homem em casa consertar o encanamento do banheiro e, T, você precisava ver as unhas dele, todas quebradas, amarelas, quebradas pela metade, de ficar lá mexendo nos canos, roçar por dentro das paredes abertas.

Teo levantou a cabeça e ele estava triste e cansado, e ele olhou para Miguel.

Teo — eu sei Miguel, e a gente vai tomar o banho quente, e a água da Terra tá acabando, a gente *sabe* essas coisas.

Miguel — bom, e quem é o inimigo? beber até bater a cara no chão e ficar se destruindo na falta de um inimigo melhor não me parece muito esperto. e vocês ficam achando que ter senso de humor resolve tudo.

Miguel entrelaçou os dedos e apoiou as mãos na barriga.

Miguel — ... e o humor fica lá tentando meter a mão dentro da calcinha da violência, eternamente... essa luz tá me incomodando... pelo menos ele tenta.

Teo — e não consegue nunca?

Miguel deu a volta no balcão e abriu o isopor, mas as cervejas tinham acabado.

Miguel — olha pra Fran. é como se ela calçasse dois pares de sapato, um em cima do outro, pra ficar mais presa no chão. e aí acontece uma merda do tipo, um tombo, e toda a segurança dela vai embora pelo ralo. e agora ela tá lá em cima fazendo não sei que merda com o Lucas.

Teo sentou em cima do balcão, e se esforçou para continuar com os olhos abertos.

Miguel — eu tenho uns pares desses no meu armário também, eu até coloco eles às vezes, mas não sempre. e quando eu calço eles, é como se eu ficasse vendo tudo de fora, um monte de macacos pedindo banana, e eu seria o macaco de sapatos.

Teo estava meio impaciente e meio tocado por todo aquele vulcão de palavras atropeladas ter terminado na Fran. Aquilo tudo ficou parecendo bobo ou adolescente demais.

Miguel lembrou-se de Fran fazendo a mímica de nadar crawl no seu vômito.

Miguel — é como se viver fosse um erro, e a gente tivesse que estar sempre se desculpando por esse erro... sexo é pra ser sujo, mas não pode ser muito sujo, se não vira perversão... ou então você pode tatuar na testa: "é isso aí, somos uns doentes".

Teo — você sente alguma coisa por ela?

Miguel — pela Fran?

Teo — sim, pela Fran, não pela testa.

Miguel quis responder que sentiria alguma coisa por qualquer pessoa que decidisse nadar crawl no seu vômito, mas achou melhor não. Ele apoiou a testa no balcão, rápido e fazendo barulho.

Miguel — não.

Teo apoiou o peso do corpo nos braços para sair de cima do balcão, ficou em pé e subiu a calça que estava caindo.

Teo — quer subir lá? eu vou com você.

Miguel — não.

Miguel inclinou-se pra baixo, sobre os joelhos, e tirou, devagar, um tênis, depois o outro.

Teo olhou para as meias encardidas de Miguel e decidiu tirar seus sapatos também. Se equilibrou em uma das pernas de um jeito desengonçado e tacou seu sapato para o meio da sala, depois repetiu o gesto com o outro.

Miguel coçou a parte de trás da canela com um dos pés, depois segurou os dedos do pé de baixo com o pé de cima e ficou apoiado assim.

Miguel — eu acho que a desigualdade surgiu quando o primeiro pedaço de terra foi chamado por um homem de seu.

Fran desceu as escadas da casa com os olhos inchados, despenteada, e olhou de longe para eles dois. Miguel olhou de volta por um milésimo de segundo e virou-se de novo para Teo, como se naquele momento seu amigo fosse o depósito exclusivo de toda a sua sinceridade, o seu guru, o seu Jesus, a metade da balança, cuja outra metade estava cheia de desprezo pela realidade. Enfim, seu pedaço de terra.

Teo — isso soou meio...

Fran acenou de longe, Teo respondeu timidamente e voltou-se logo para Miguel.

Miguel — eu vou ser o altruísta, qual você quer ser, T? o nerd. o L é o drogadão e a S quer dar a bucetinha, vai ser isso?

Teo tirou os óculos, esfregou o rosto e colocou-os de novo.

Teo — quem disse que você é altruísta?

Miguel — ninguém.

Teo lembrou-se da cachorra de Lucas que se chamava Ninguém. A luz do sol começou a brotar do chão e se misturou com a lâmpada acesa da cozinha. Quem estava no sofá se levantou e quem estava no jardim decidiu ir embora. Fran sentou-se no sofá.

Miguel — ninguém me disse que eu sou branco e rico também.

Teo — você num é tão branco, nem tão rico.

Lucas desceu as escadas de meias e sorriu para os amigos.

Lucas — vocês ainda tão aqui?

Fran se levantou e foi até eles.

Fran — a gente vai pra aula?

Teo — vamo?

Fran — vamo.

Eles puseram os sapatos e saíram da casa.

No sol, os rostos deles pareciam ter se quebrado. A luz estava quebrando tudo.

Lucas e Fran andavam pela calçada, Teo e Miguel na rua.

Teo — eu não gosto de assistir o amanhecer assim, parece... errado.

Fran gostou de sentir a luz no seu rosto. Enquanto andava, ela esfregava a mão pelas paredes e grades das casas. Lucas pegou a sua outra mão, mas Fran deixou a mão mole, e ele a soltou.

Lucas — F, me empresta seu elástico?

Fran tirou o elástico de cabelo do pulso e colocou na palma da mão de Lucas.

Ele prendeu o cabelo, andando, e se virou para a rua.

Lucas — que tal?

Teo olhou pra ele.

Teo — tá muito cedo pra eu responder isso.

Miguel olhou para o chão o caminho todo, e quase abaixou para beijar a terra quando eles chegaram na ladeira da escola.

11

Fran foi lavar o rosto. Miguel sentou em cima de uma carteira do fundo, antes do começo da aula. Lucas sentou na cadeira do lado. Teo, ainda de pé, olhou para Lucas.

Teo — tira esse rabinho de cavalo, tá horrível! você devia cortar esse cabelo de uma vez, tá ficando cada vez pior...

Lucas não respondeu, abriu sua mochila e tirou seu estojo de dentro. O professor entrou na sala e começou a dar aula. Fran entrou na sala e sentou num lugar longe deles.

Teo sentou na carteira ao lado de Lucas.

Teo — é sério, L, você tá precisando de um banho e tosa, ou pelo menos tira essa merda.

Miguel — deixa ele, T.

Lucas tirou seu branquinho de dentro do estojo e desenhou o símbolo da anarquia na carteira.

Teo — que merda, Lucas, tira essa merda do cabelo e para de sujar tudo.

Miguel — deixa ele, uma coisa não tem nada a ver com a outra.

Teo — ele cresceu comendo sucrilhos açucarados com leite. aposto que nem sabe o que foi o movimento punk, só ouve umas musiquinhas.

Lucas — você tá com inveja.

Teo — nossa, muita.

Miguel ouviu o professor dizendo que somos o mesmo que uma cadeira, e até quis prestar mais atenção, mas depois se distraiu com o zunido da voz de Teo. Cadeiras, macacos, classe média paulista, banho de rio Tietê e piscina de água benta.

Lucas começou a tamborilar os dedos na carteira em que Miguel estava sentado e a cantar para Teo.

Lucas — *i don't like you... i don't like youuu ... i don't like you...*

Teo — nossa, cala a boca, eu que te mostrei essa banda e pra piorar você só sabe essa frase da música, porque é o título.

Miguel não estava entendendo. Lucas era um babaca, mas ele era sempre um babaca, ele escolhia ser assim. Para Miguel, quando Teo era um babaca era muito pior.

Miguel — cala a boca você, T.

Teo — meu, Miguel, você leva tudo a sério.

Teo estava tentando mostrar que Miguel não precisava defender Lucas, que ele sabia se defender sozinho. Miguel respondeu com um olhar intolerante, mas Teo não se importou muito, porque já estava acostumado com aquele olhar. Uma vez, Miguel ficou extremamente ofendido porque Teo o chamou de "zoológico de acnes", e apesar de não responder ao insulto na hora, crucificou o amigo na sua mente, e foi duro com ele durante uma semana inteira. Depois, quando Teo já havia esquecido completamente o que tinha dito, Miguel lhe disse que espinhas são o tipo de problema que só o próprio dono do rosto, e de preferência nem mesmo o dono, deveria se importar. Teo concordou e Miguel o tirou da cruz.

Lucas tampou o branquinho.

Lucas — eu não vou tirar, isso é questão de gosto, não se discute.

Teo — claro que se discute.

Lucas — não se discute, não!

Teo — se discute sim...

Lucas — não... gosto é que nem braço, tem gente que não tem.

Teo — meu deus, depois dessa, eu me rendo! fim da argumentação.

Lucas — cara, eu espero que você pise numa das suas peças de lego.

Miguel parou de ouvir os dois para observar Fran. Os olhos dela escapavam da sombra de olheiras bem maiores que o normal, e iam espantados de um lugar para o outro. E, para piorar, ela estava com um chupão no pescoço que ele não tinha visto antes.

Fran apontou todos os lápis, um por um, dando muita importância para todos eles, depois pegou um caderninho verde de dentro da mochila e começou a escrever, envol-vendo-o cuidadosamente com a dobra do braço. Enquanto escrevia, seus olhos ameaçaram transbordar, fazendo-a le-vantar e sair da sala.

Miguel cutucou Teo, que, do outro lado da carteira, cochichava com Lucas.

Miguel — o que houve com ela?

Teo — bom, aquele tombo não foi pouca coisa... e, bom, e eles transaram.

Miguel — quem?

Teo — eles, né.

Lucas tinha arrancado os sapatos de Fran — chupou seus dedos do pé, um por um até o mindinho — e de que-bra ainda levou-lhe o par de sapatos duplo que a prendia ao chão. Depois de cinco horas vendo o mesmo programa ruim, Lucas pegou o controle remoto pra ela e meteu num canal de pornografia.

Miguel olhou para as mãos de Lucas. As mãos dele eram enormes e grandes e feias, dirty fingernails. As cutículas inflamadas com as pelinhas vermelhas saindo pra fora, as mãos de um cara burro e sujo que atira em cachorros.

Quando Fran voltou do banheiro, a primeira aula já tinha terminado. Teo levantou para ir no bebedouro e parou na carteira dela pra conversar. Miguel observou Teo voltar para o fundo.

Teo — eu acho que ela gosta mais de você.

Miguel — isso não importa, o que ela disse?

Teo — ela disse que o Lucas não é óbvio.

Miguel não conseguia entender Fran. Para ele ninguém era óbvio. Ou então todo mundo era.

Miguel — ela acha que eu sou óbvio?

Teo — pra mim, você é muito menos óbvio do que ele. mil vezes menos.

Miguel — isso é pra ser um elogio?

Teo — aham... o L come todas as meninas porque nunca gostou de ninguém.

Miguel achou que Teo quis dizer: "já que o L come todas as meninas e eu não, deve ter alguma coisa de errado com ele".

Miguel — se o Lucas não se apega, ele não precisa se desapegar.

Teo — é, ele consegue fazer isso...

Miguel — e por isso vai dar merda esse negócio.

Teo — ah, eu acho que eles num vão continuar.

No intervalo, Miguel demorou para juntar suas coisas e sair da sala. Quando chegou no corredor, Lucas estava contando a sua noite para Teo.

Lucas — aí eu disse "eu tô tão bêbado que tô vendo essa TV em 3D", daí ela foi chegando mais perto de mim...

Teo — ela deve ter batido a cabeça bem forte pra querer dar pra você.

Miguel — você devia falar com ela.

Lucas — as mulheres têm problemas hídricos. quando elas não tão menstruadas, nem fazendo xixi, elas choram.

Teo — pra mim esse aí é o Miguel.

Teo estava se mostrando um perfeito filho da puta naquele dia.

Miguel — valeu, Teo.

Miguel estava se conformando com o fato de que as conversas dos seus amigos sustentavam-se na ironia. Ele queria que, pelo menos de vez em quando, a vida se parecesse mais com uma sala de espera e menos com uma televisão. Queria poder brigar em público, mesmo que fosse pelo telefone por causa de um bolo de casamento ou outra mesquinhez qualquer. Se não dá oito, vai oitenta.

Miguel — e aí Lucas, quem é a próxima vítima?

Lucas — hm... você?

Miguel deu uma risada sincericida, que de maneira nenhuma tinha sido planejada por ele.

Teo — vocês viram? a S beijou outra menina... meu, eu nunca vou esquecer aquela festa.

Miguel sentiu pena de ver que Teo ainda se afogava de orgulho, só porque a Sara e uma mulher meio pedófila decidiram beijar ele. Ele teve vontade de dizer para Teo que tinha pena dele, e que ninguém tava a fim de ouvir aquela mesma besteira ser repetida pela milésima vez. Mas faltou coragem para dizer qualquer coisa, por isso ele resolveu sumir, dando-se conta, naquele momento, de que o único lugar da escola onde isso seria possível era o banheiro.

12

Ao sentar na tampa da privada, com a porta trancada, Miguel sentiu o efeito da anestesia se dissolvendo, e colocou as duas mãos na cara para abafar o choro. Fazia tanto tempo que ele não chorava, que nem se lembrava como era bom.

Seria melhor matar o remorso.

É como carregar na barriga um bebê morto.

Seu pai pegava o bebê Miguel, agarrava-o no colo e gritava: "preso, preso, presinho!". Miguel ia se desvencilhando das mãos do pai, deslizando pelo meio dos seus braços até o chão, ou esticando as mãos com força para a frente, até conseguir escapar do último dedo do pai, enganchado no calcanhar ou na ponta de um dedo indicador. Miguel se via livre, voltava para o colo e começava tudo de novo.

Quando cresceu um pouco mais, essa brincadeira começou a doer e ele não quis mais.

Miguel não foi visitar no hospital os minúsculos dedos enrugados da sua irmã recém-nascida. Quando ela chegou em casa, eles se observaram até Miguel desaprender a contar o tempo.

Seria mais fácil não ter cordão umbilical. Seria mais fácil não ter memória. Seria mais fácil não ter nada de novo pra falar.

Seria terrível. O melhor colo de todos só fica tentador depois que conseguimos sair dele.

13

Ao sair da escola, Miguel encontrou Teo, Lucas, Fran e Sara sentados na calçada, se preparando para brincar com fogo. Eles tinham comprado uma caixa de fósforos, daquelas grandes, e botado todos eles juntos — menos um — em pé, enrolados por um elástico.

Miguel continuou andando, com a mochila nas costas, porque não queria saber de fósforos, nem de amigos.

Sara — Miguel!

Quando virou para trás, viu que Sara estava levantando para ir até ele.

Continuou andando mesmo assim.

Sara — espera... você não vem?

Miguel — cansei dessa merda.

Sara — o quê?

Ela era de outra classe, e estava vendo Miguel pela primeira vez no dia.

Miguel — cansei dessa merda...

Sara — tá tudo bem... você tá certo...

Aproximando-se mais dele, Sara deu um beijo no canto da sua boca. Quando não sabia responder à arrogância dos amigos, Sara tentava seduzi-los. Miguel virou bruscamente o rosto, para que ela não visse o seu problema hídrico.

Miguel — Sara, você pode ficar me consolando pra sempre e não vai adiantar nada. em alguns assuntos não adianta tocar. então, por favor, não tenta me dizer alguma coisa que você acha que é bonita.

Sara segurou o casaco de Miguel.

Sara — pra onde você vai?

O jeito insistente dela estava cansando ele como uma injeção de chumbo.

Miguel — vou tentar entender a sua cabeça.

Sara — então tchau.

Sara voltou para o grupo, tentando entender a cabeça de Miguel.

Sara — posso sentar na sua mochila, T?

Teo — pode, só cuidado com a minha coleção de origamis.

Sara parou por um segundo, agachada.

Lucas — senta em mim, eu sou o mesmo que uma cadeira.

Sara ajeitou a mochila de Teo e sentou em cima dela.

Sara — vocês acham que eu sou uma cadeira?

Teo — você é uma poltrona, S.

Sara — coitado do Miguel.

Fran — por quê?

Sara — acho que não tá tudo bem.

Lucas — ah, o Miguel é foda... quer colar a integridade com cola pritt.

Fran assoprou a franja, tentando espantar Miguel da sua cabeça.

Fran — cadê o palito premiado?

Teo levantou e abriu a mão, mostrando o fósforo solitário, e também, sem querer, o zíper aberto da sua calça.

Sara — fecha a braguilha, meu.

Lucas começou a bater as mãos nos joelhos e a cantarolar.

Lucas — passarinho quer voar, e as asinhas quer abrir, lalarálarálalá, tchá tchá tchá tchá...

Teo — e você nunca pode deixar pra lá lalarálarálalá, tchá tchá tchá tchá.

Sara pegou o palito da mão de Teo enquanto ele fechava o zíper, riscou a caixa e jogou-o em cima dos outros, fazendo todos explodirem. Um vulto de chamas azuis e amarelas subiu no ar, feito um foguete. Miguel continuou andando pela calçada, sem olhar pra trás.

14

Miguel — alô.

Sara — oi, sou eu. *Miguel* — ah, eu tava dormindo.

Sara — eu queria saber o que você acha da minha cabeça.

Miguel — do quê?

Sara — da minha cabeça, tem alguma coisa de errado com ela?

Miguel — não sei. tem?

Sara — não adianta me perguntar.

Miguel — do que que cê tá falando?

Sara — pensa bem na minha cabeça. o que você acha dela?

Miguel — eu num tô entendendo direito, S, eu tava dormindo...

Sara ficou com vontade de chorar do outro lado da linha, mas Miguel só ouviu o silêncio.

Miguel — ... parecida com a minha, eu acho a sua cabeça parecida com a minha, Sara.

Sara riu, com um pouco de sono e um pouco de paz. Durante todo o dia, ela achou que tinha sido um grande erro beijar Miguel. Agora, ela se perdoou e perdoou ele.

Sara — sabia que o T começou a fazer teatro?

Miguel — hm?

Sara — tá todo animado, o Lucas disse que dá um dedo pra ver ele no palco.

Miguel — eu também dava um dedo pra ver isso.

Sara — então já são três dedinhos...

Sara falou dengosa de um jeito que Miguel gostou. Percebeu com isso que seu incômodo não era com as frases espirituosas, mas com a intimidade ansiosa a que elas se propunham e que não conseguiam cumprir.

Miguel — bom... espero que a sua cabeça continue sempre imune a todos os pianos que caem do céu.

Sara — e eu espero que a sua fique imune aos copos de veneno que ficam em cima dos pianos.

Miguel — ... tá bom...

Sara — ... tchau... dorme bem...

Miguel — tchau.

Miguel desligou o telefone e Sara ficou ouvindo o barulho da linha.

15

Miguel parou de ir à escola e ficou dentro do seu quarto por muito tempo, saiu poucas vezes pra andar, em uma delas foi ao cinema.

Entrou na sala quando as luzes já estavam apagadas, e passou a sessão inteira se perguntando se era Fran que estava sentada na mesma fileira que ele, cinco cadeiras pra direita.

Fran saiu do cinema antes das luzes acenderem. No escuro, Miguel achou ela meio baixa demais, e com uma calça estranha. Mas não era estranho ela ter saído sem falar com ele. Fran não se importava com nada daquilo que Miguel achava notável, como sentar por coincidência na mesma fileira do mesmo filme. Ou podia ser, pensou ele, que ela se importasse demais e não conseguisse lidar com aquilo, que era um piano na cabeça dela, e que depois de sentar a cinco cadeiras de distância eles teriam que se casar. Mas não era F, porque F estava sempre de jeans, não é verdade?

Ficamos assim?

Miguel não chorou mais nenhuma vez. Não dá pra mamar leite da pedra.

16

Pai — e aí, meu filho.

Miguel — e aí, meu pai.

Seus pais foram se aproximando como se pisassem em território alheio, e mansamente sentaram na cama, perto das pernas de Miguel.

Pai — desistiu de comer?

Miguel se virou para a parede.

Miguel — desisti.

Pai — não tem como desistir da vida, Miguel. não te perguntamos se você queria nascer.

Miguel — é, não me perguntaram...

Mãe — não precisa ser dramático.

Miguel — não tô sendo.

Pai — tá, um pouco.

Miguel afundou a cara no travesseiro.

Miguel — ah, que saco.

Mãe — Miguel, a gente tá aqui pra tentar te ajudar... o que a gente pode fazer por você?

Seu pai levantou da cama e abriu as cortinas do quarto. Miguel se virou de barriga pra cima e colocou um dos braços em cima da cara.

Miguel — vocês podem me ajudar... começando por perguntar antes de fazer qualquer coisa do tipo jogar sol na minha cara.

Pai — um pouco de sol não faz mal a ninguém.

Miguel falou muito baixo.

Miguel — eu não quero um pouco de sol, eu quero muito sol, eu quero abraçar o sol inteiro como se ele fosse um urso gigante, num lugar bem longe daqui.

Seu pai sentou-se de novo na cama.

Mãe — você tá roendo as unhas...

Miguel tirou o braço do rosto e olhou para sua mãe.

Miguel — meu almoço.

Pai — muito bem, pelo menos seu senso de humor ainda tá aí...

Ficaram em silêncio. Miguel jogou o travesseiro pra cima, pegou de novo, e jogou, e pegou, e jogou, e pegou.

Mãe — você disse que quer ir pra um lugar bem longe daqui...

Miguel — eu quero.

Mãe — pra onde?

Miguel fechou os olhos.

Miguel — pro meio do nada, mãe.

Miguel colocou o travesseiro em cima do rosto.

Pai — Miguel... você tá decepcionado?

Miguel — eu não tô decepcionado, porque vocês ficam levando sempre pra esse lado? eu não tô *decepcionado*. nem vou socar a parede.

O barulho dos carros invadia o quarto.

Miguel — o mundo tá desafinado. eu não consigo ouvir. eu não ouço.

Miguel tirou o travesseiro do rosto, sentiu a impotência que se espalhava no ar como uma infecção e se arrependeu do que disse.

Ajeitou o travesseiro atrás da cabeça, respirou fundo e soltou o ar.

Miguel — eu queria viajar...

Pai — você quer viajar?

Miguel — eu fiquei pensando naquela viagem do fim do terceiro ano, que a gente combinou de ir visitar meu tio... depois eu fiquei em dúvida se...

Pai — então faça essa viagem. faça alguma coisa.

Miguel — mas como eu iria agora?

Mãe — eu não sei se gosto da ideia dele ir agora pra uma fazenda no Chile no meio do nada...

Ela virou-se para Miguel.

Mãe — ... como você mesmo disse.

Pai — bom, você tá quase de férias, eu posso conversar com seu tio e ver se ele te recebe...

Miguel sentou na cama, segurou o travesseiro em cima da cabeça e olhou para o pai.

Pai — mas se você quer viajar, primeiro você tem que almoçar.

Miguel deitou de novo e se sentiu medíocre com todo aquele esforço para fazer ele melhorar, a politicagem do "toma lá, dá cá", como se ele fosse criança outra vez, como se o almoço e o Chile tivessem a mesma distância.

Miguel — vocês me deixariam ir?

Sua mãe apertou o colchão com as mãos. Miguel esmagou as pálpebras com os mindinhos.

Miguel — é sério isso? vocês iam deixar eu ir até o Chile agora?

Pai — sim, cara-pálida.

Sua mãe segurou o joelho de Miguel com uma das mãos.

Pai — você é bom aluno, acho que seria tudo bem faltar mais, o quê, um mês de aula, podemos pensar em adiantar essa viagem pra essas férias, sim... mas você ia ter que voltar pra passar de ano.

Miguel jogou o travesseiro para o outro lado da cama, deitou, e ficou olhando para as costas dos seus pais.

Mãe — vamos almoçar agora?

Miguel — pode ser daqui a pouco?

Mãe — pode.

17

Lucas — o Chile é uma merda, vai pro México.

Miguel — porra, L, tira o fone pra falar, você tá gritando.

Lucas tinha chegado com uma camiseta do Chaves, segurando um Yakult na mão e ouvindo Queen no volume máximo, numa animação que não estava combinando com o clima do quarto, que nos últimos tempos parecia o de um bordel sujo.

Miguel — por que pro México?

Lucas — porque eu não conheço.

Miguel — você também não conhece o Chile. e você também não conhece dentro da privada e não quer que eu enfie a cara lá.

Lucas — ah, conheço, sim.

Miguel — é mesmo, conhece... sério que você gosta de tomar essa merda?

Lucas — ... lactobacilos vivos!

Miguel — hm... lactobacilos vivos... e você e a F?

Lucas sentou na cadeira da escrivaninha.

Lucas — ah, num sei, Miguel. não gosto de preocupação, mas ela é um piteuzinho, mó gostosa.

Miguel — você não presta.

Lucas — eu não presto mesmo, eu mijo na piscina, lambo o sangue dos meus machucados, engulo o chiclete... que eu compro só por causa da tatuagem que vem dentro, e quando a mocinha me pergunta se eu tenho troco eu digo que não por pura preguiça de pegar minha carteira, depois engulo quando perde o gosto, por inércia.

Miguel — eu odeio esses chicletes que você engole.

Lucas — por que você falou isso? tá com ciúmes?

A porta do quarto foi aberta por uma criança morena de quatro anos.

Miguel — Lucas, essa é a minha irmã. Maria, esse é o Lucas.

Lucas — oi, Maria, muito prazer.

Maria não respondeu, ficou parada observando Lucas. Miguel desejou que Maria tivesse entrado no quarto vestida de palhaço pepino com absorventes colados nos pés, para salvá-lo daquele inferno.

Lucas — Maria, você não acha a história do João e Maria totalmente sem sentido? você tem que ser muito burro pra confundir um dedo mindinho com um galho!!! é a bruxa mais burra de todas as bruxas! e de tentar marcar um caminho, no meio de uma floresta inteira, com migalhas!

Ela andou até Lucas e tocou na sua orelha, demoradamente. Estava verificando se Lucas tinha a mesma consistência que ela.

Depois saiu do quarto.

Lucas — ... eu não sei muito bem lidar com crianças, elas são... pessoas minúsculas.

Miguel nunca tinha visto Lucas tão tímido quanto naquele momento. Ele levantou a cabeça e olhou de leve para Miguel.

Lucas — tem coisas felizes e brilhantes e outras que merecem o sarcófago, vai da delicadeza de cada um.

Miguel — Lucas, tem coisas que a gente entrega pra Deus... às vezes eu me odeio por uns chicletes que eu não engoli.

Lucas saiu da cadeira e sentou na cama, ao lado de Miguel.

Lucas — mesmo assim, você deixa a sua marca nos lugares...

Miguel — eu não quero uma marca. já tem muitas marcas no mundo.

Lucas — não sei, eu tenho medo de não conseguir deixar a minha, porque eu meio que não tenho uma, eu nunca sei o que vai acontecer, o que do nada eu posso ter vontade de fazer.

Miguel — essa é a sua marca.

Lucas — hm... eu devo ter engolido ela.

18

Quando Teo entrou no quarto, se assustou um pouco com o tamanho da mala, aberta no chão e feita pela metade. Miguel estava deitado na cama, há horas.

Teo — oi... quanto tempo você vai ficar?

Miguel — uns dois meses...

Teo ficou meio envergonhado, porque não via Miguel desde o dia da explosão de fósforos, e na saída eles nem tinham se despedido.

Miguel — não sei aonde foram parar minhas meias. só tem dois pares na gaveta.

Teo — ah, você não sabia? os pés de meia são os casulos, e os cabides de arame são as borboletas, por isso eles surgem e as meias somem.

Miguel — ou uma borboleta Lucas usou todas as minhas.

Teo — Um Borboleta Lucas é o melhor apelido pro Lucas.

Miguel esticou as mãos para cima e estralou os dedos.

Miguel — é? e qual é o melhor apelido pra você, T?

Teo — Um Lindo.

Miguel olhou pra cima.

Miguel — Um Lindo Fanta Uva.

Teo riu.

Teo — fanta uva é demais!

Teo olhou mais atentamente para Miguel e viu, como se usasse um microscópio, o furacão que havia atrás da sua nuca.

Teo — faz quanto tempo que você não sai daqui?

Miguel — Teo... eu quero muito viajar... você acha que eu consigo?

Teo — você consegue... e tem um negócio grudado no seu aparelho. Miguel, há quanto tempo você não escova os dentes, hein?

Miguel — mesmo?

Teo — bom, eu não estou preocupado com você, quer dizer, estou preocupado com você mas não com você estar indo viajar...

Teo — a Fran pediu pra eu te dar um negócio.

Teo tirou da mochila um envelope roxo.

Miguel — e a Sara?

Teo — a S vai muito gay, obrigada. e ela descoloriu o cabelo inteiro, tá branco, que nem de velho. eu achei legal.

Teo esticou o braço para entregar o envelope da Fran.

Miguel abriu-o com cuidado, pra não rasgar. Tirou um papel de carta, dobrado pela metade, e leu em voz baixa.

Se eu mesma fosse alguém,
Te tiraria daqui.
Te arrancaria da hipocrisia
Te pegaria pelo braço
(Ou pelo calcanhar)
E te arrancaria da indecisão;
Do suspense talvez.
Para colocar-te num outro suspense
Numa outra indecisão

Infelizmente
Numa outra hipocrisia.

Miguel — hm...

Teo estava curioso, por isso Miguel lhe passou o bilhete. Ele leu e devolveu o papel para Miguel, que o pôs de volta no envelope e se levantou para guardar na mala.

Teo — só faltou o "eu te amo" no fim.

Miguel — nada a ver.

Miguel abriu a gaveta de cuecas, vasculhou e tirou um par de meias perdido de lá. Atirou-o na mala.

Miguel — achei mais uma!

Teo sentou na cama.

Teo — que poeta, hein! eu vou apelidar a Fran de Uma Emily Dickinson...

Miguel — é bem melhor do que Um Lindo Fanta Uva.

Teo — é nada, se você fosse pra uma ilha deserta, você preferia levar uma fanta uva ou a Emily Dickinson? eu fico com a fanta uva!

Miguel — eu ia ficar bem em dúvida...

Teo — o Lucas ia levar a Emily Dickinson pra comer ela!

Miguel — acho que eu ia querer levar um livro dela pra ler.

Teo — acho que se o L levasse um livro, ele ia comer o livro também!... outro dia a gente foi na padaria, ele tava na ressaca... e o megalomaníaco tomou seis sucos de laranja! sério, quem toma seis sucos de laranja?!

Miguel sentou de novo na cama. Sua cara lembrava a de um mergulhador que encontra uma baleia-azul na sua frente e fica assustado com seu tamanho no começo, mas depois entende que ela está apenas curiosa. Nem tudo o que parece é. Tudo é um pouco mais simples do que parece?

Miguel — T, eu tô com vergonha de mim.

Teo — você é uma das melhores pessoas que eu conheço, e algumas das nossas conversas me fazem gostar de você e de mim mesmo, imensamente.

Imensamente... imensamente... Miguel ficou repetindo essa palavra para si mesmo. Naquele instante, seu amigo era uma grande baleia-azul. Tente não olhar pra baixo. Tente não olhar pra cima também. Olhe no fundo dos olhos pretos de lago e asfalto da baleia e você vai ver que não há nada de mais.

Teo — ... e vê se toma um banho depois que eu for embora...

Miguel — se você continuar com isso eu vou mudar seu apelido pra Doidoiévski.

Teo — daí eu mudo o seu pra Fedido.

Miguel sorriu.

19

Miguel ligou o chuveiro, sentiu a água quente na cabeça. Abaixou-se devagar e sentou no chão do box.

Ficou lá, abraçado nos joelhos, vendo a água que respingava nos frascos de xampu, olhando a água morna da Terra escorrer.

20

Fran abriu com cuidado o envelope, pra não rasgar.

Desdobrou o saquinho de vômito do avião que estava dentro dele. Miguel tinha escrito do lado direito, embaixo.

Quando fecho meus olhos
e você aparece,
eu erro.

Quando Fran pensa em Miguel, ela o imagina deitado na cama, ouvindo música.

Não importa se Miguel está num supermercado, em cima de uma montanha, com outra menina, cortando as unhas do pé, procurando aflito seu passaporte nos bolsos de todas as calças e paletós, agradecendo atrapalhado pela caixa de cotonetes que seu tio comprou, ou satisfeito por ter conseguido consertar um ventilador.

Ele está deitado na sua cama, de olhos fechados, ouvindo uma música sem letra e deixando o tempo passar.

21

No caminho do aeroporto, o pai de Miguel assoprava os faróis para eles ficarem verdes, o que começou a deixar seu filho bem irritado, porque, obviamente, não estava funcionando. Maria passava o dedo no vidro gelado da janela.

Sua mãe falava sem parar sobre os perigos que espreitam a vida doméstica.

Miguel — eu tenho dezesseis anos, mãe, não vou morrer deixando o gás vazar...

Mãe — e eu tenho quarenta e, querendo você ou não, isso significa algumas coisas...

Miguel tirou a mala do carro e a botou num carrinho. Maria sentou em cima dela e seu pai foi empurrando.

Maria queria pão de queijo, sua mãe a levou pra comer. Miguel se agachou no meio da fila, entre seu pai e o carrinho, e pegou um objeto sem utilidade e sem nome que estava no chão, um tipo de plástico, redondo e preto, com um furinho no meio. Mostrou-o para o pai.

Miguel — quando eu era menor eu queria fazer uma coleção dessas coisas, tipo essa, que eu acho. daí eu decidi fazer essa coleção na minha cabeça, então eu pego, memorizo...

Ele olhou fixamente para o objeto.

Miguel — e jogo fora.

E atirou o objeto no chão, onde ele estava. O pai sorriu com olhos de preocupação.

Miguel — vou me cuidar, pai.

Quando Maria voltou, estava com um pão de queijo em uma mão e um negócio quadrado e sujo, vermelho e verde, na outra, que parecia uma bandeira em miniatura, uma bandeira de uma terra de ninguém.

Maria — olha, Miguel, pra sua coleção.

Ela levantou a coisa na altura dos olhos de Miguel, depois a jogou no chão, exatamente como Miguel tinha feito.

Miguel olhou de novo para o pai.

Miguel — isso foi estranho.

Pai — foi...

Maria — quer pão de queijo, Miguel?

Miguel — não.

Maria cruzou uma perna na outra e segurou o pão de queijo com as duas mãos.

Maria — por quê?

Ela sabia a resposta, mas gostava de ouvir Miguel falando.

Miguel — porque eu não gosto.

Maria — por que não?

Miguel — porque é duro e fede a peixe.

Maria riu alto e deu uma dentada no pão de queijo.

22

Na fila do embarque, Miguel encontrou um amigo dos pais voltando de uma viagem comprida, que, animado ao vê-lo, veio conversar com ele, que acabou contando, sem muito ânimo, para onde estava indo.

O homem retirou do pescoço, com as duas mãos, um cordão no qual estava pendurada uma câmera fotográfica e, alongando o gesto, colocou-a no pescoço de Miguel, com a elegância de um boiadeiro que laça um bezerro rebelde.

"Você vai pro Chile?! Leva a minha máquina!" Naquela frase havia uma dose de qualquer coisa bem-humorada, que não queria melhorar nada. Sem saber muito bem o que responder, Miguel ficou parado e mudo, com as pupilas explodindo.

23

Ao andar pela pista em direção ao avião, Miguel teve a sensação de estar sendo seguido por vários gigantes, e se pegou pensando que não caberia nenhum gigante nas poltronas do avião. O que eles queriam ele não soube responder e não teve coragem de se virar para perguntar.

NOTA

A carta de Fran para Miguel, reproduzida nas páginas 90-1, foi escrita por Teresa Moura Neves, em 2010. A carta de Miguel para Fran, reproduzida na página 94, é de Brás Moreau Antunes, 2011.

SOBRE A AUTORA

Celeste Antunes nasceu em 1991 em São Paulo, onde vive até hoje. Formou-se no ensino médio em 2008. Faz faculdade de cinema e escreve poemas, diálogos e roteiros. Em 2010 escreveu e dirigiu a peça de teatro *Fermento*. Em 2013 dirigiu o curta-metragem *Fogo baixo*. *Para quando formos melhores* é seu primeiro livro.

Este livro foi composto em Minion
pela Bracher & Malta, com CTP e
impressão da Bartira Gráfica e Editora
em papel Pólen Soft 80 g/m^2 da Cia.
Suzano de Papel e Celulose para a
Editora 34, em outubro de 2013.